OBJETOS DE PODER

O CEMITÉRIO DOS ANÕES

MARCOS MOTA

OBJETOS DE PODER

O CEMITÉRIO DOS ANÕES

Livro 2

Principis

Esta é uma publicação Principis, selo exclusivo da Ciranda Cultural

Texto
Marcos Mota

Editora
Michele de Souza Barbosa

Preparação
Walter Sagardoy

Revisão
Maria Luísa M. Gan

Produção editorial
Ciranda Cultural

Diagramação
Linea Editora

Design de capa
Filipe de Souza

Dados Internacionais de Catalogação na Publicação (CIP) de acordo com ISBD

M917c Mota, Marcos.

O cemitério dos anões - Livro 2 / Marcos Mota. - Jandira, SP : Principis, 2023.
160 p. ; 15,50cm x 22,60. - (Objetos do poder).

ISBN: 978-65-5097-051-2

1. Literatura brasileira. 2. Fantasia. 3. Simbologia 4. Ocultismo. 5. Magia. 6. Poderes sobrenaturais. I. Título. II. Série.

2023-1263 CDD 869.93
CDU 821.134.3(81)-34

Elaborado por Lucio Feitosa - CRB-8/8803

Índice para catálogo sistemático:
1. Literatura brasileira 869.93
2. Literatura brasileira 821.134.3(81)-34

1ª edição em 2023
www.cirandacultural.com.br

Para Geovana Eler e Talles Henrique,
sobrinhos queridos.

Ao Edson Toledo, Vinícius Bicalho e Kerley Jerônimo,
três mosqueteiros.

"Como o ferro com o ferro se afia, assim, o homem ao seu amigo." – Provérbios 27:17

SUMÁRIO

PREFÁCIO

Os diversos **mundos** foram criados por meio do conhecimento e da sabedoria.

A paz, a harmonia e o bem reinavam entre as raças não humanas, até que uma força cósmica, posteriormente denominada Hastur, o Destruidor da Forma, o maior dos Deuses Exteriores, violou as leis das dimensões superiores e iniciou uma guerra.

Para evitar a destruição de todo o Universo, Moudrost, o Projetista, a própria Sabedoria, dividiu o conhecimento primevo e o entregou, através de sete artefatos, às seis raças de Enigma.

Aos **homens,** a última raça criada, foram entregues as inteligências matemática e lógica. Às **fadas,** habitantes das longínquas e gélidas terras de Norm, a ciência natural. Aos **aqueônios,** a linguística. Aos **anões alados,** habitantes selvagens dos topos das montanhas, a história e geografia condensadas em um único tipo de conhecimento. Aos **gigantes,** os maiores dos Grandes Homens, a ciência do desporto. E aos **anjos**, primeira das raças não humanas, o conhecimento das artes.

A guerra estelar cessou, resultando no aprisionamento dos Deuses Exteriores.

Hastur, porém, conseguiu violar outra vez as dimensões da realidade e se livrar do confinamento, também conhecido como Repouso Maldito dos Deuses. Dessa forma, ele desapareceu na obscuridade, sendo obrigado a vagar pelo primeiro mundo das raças humanas à procura dos objetos que lhe trariam o poder desejado e a libertação.

O Destruidor da Forma intentava reuni-los como única maneira capaz de destruir Moudrost e implantar o caos e a loucura no Universo. Sua perturbadora fuga ao aprisionamento só foi percebida quando, um a um, os possuidores dos Objetos de Poder começaram a morrer misteriosamente, todos em datas próximas.

Contudo, para a desgraça de Hastur, os Objetos de Poder nunca mais foram vistos. Envolvidos sob um manto negro de enigmas, os sete artefatos mágicos desapareceram com a morte de seus possuidores.

A seguir você compreenderá o que aconteceu com os Objetos dados aos gigantes e aos anões alados.

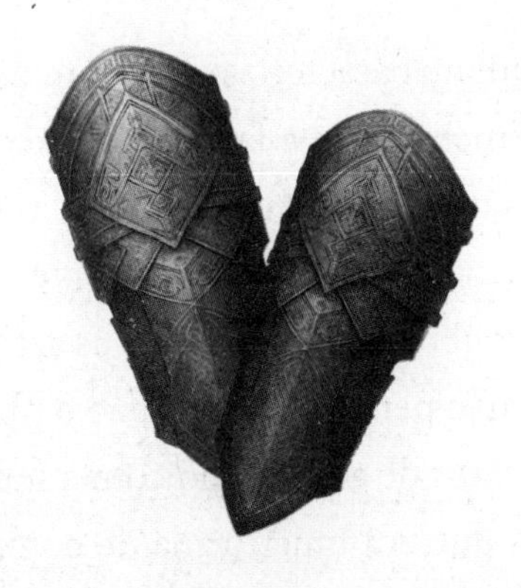

UMA GRANDE INIMIZADE

Grandes inimizades surgem por causa de disputas de poder. Há, ainda, aquelas que surgem do rompimento de profundos laços de amizade provocado por uma traição ou um mal-entendido. Esse segundo motivo foi a causa da quebra de relações entre os anões alados e os gigantes.

Enquanto terminava de subir o íngreme e juncoso penhasco incrustado por liquens, Le Goff pensava nas consequências do distanciamento ocorrido entre dois dos povos do mundo de Enigma. Com muito esforço, ele acabara de entrar na Terra dos Gigantes e precisava tomar cuidado a partir daqueles limites. Afinal, mesmo albino e com as asas atrofiadas, ele não deixava de ser um anão alado.

Le Goff nasceu branco como a neve, e a maior mudança que sua pele já alcançou foi um tom rosado, após ficar horas sob o sol. Isso, aliás, rendeu-lhe uma febre prolongada e dias de convalescença.

Seus olhos eram de um azul-celeste atraente e seu cabelo de um amarelo fulgente como o do sol típico da estação presente: o verão.

Os anões alados podiam caracterizar-se por duas qualidades invejáveis: possuir uma supermemória, o que fazia deles excelentes historiadores, e também asas, que lhes permitiam voar como as aves.

Além de albino, havia outra característica que diferenciava Le Goff de todo o restante de sua tribo: ele nascera com as asas pequenas e desiguais, diminutas a ponto de não permitirem ao anão o prazer do voo. Por outro lado, ele adquirira o *status* de anão alado com a memória mais surpreendente já vista. Diziam que era uma forma de compensar a incapacidade do voo e uma distinção, devido à cor de sua pele.

O certo é que ele era diferente, fosse por suas aparentes desqualificações como anão alado, fosse devido à sua maior qualificação para tal. E agora ele estava em uma missão, adentrando as terras de seus maiores inimigos, sozinho, por sua conta, risco e propósito.

O anão alcançou o platô sobre a primeira montanha da Terra dos Gigantes. O dia acabara de raiar. As nuvens estavam esparsas e, mesmo ao meio-dia, a temperatura naquela altitude não correspondia ao calor escaldante que seria experimentado no vale após as horas seguintes. Isso era bom para o albino.

Le Goff precisava redobrar seus cuidados a partir daquele momento. Ele quebrara o código de honra dos anões alados. Precisou mentir para seu pai, a fim de conseguir deixar a tribo sem ser visto e seguir seu coração rumo à terra de seus inimigos. Ele decidiu procurar sozinho o Pergaminho do Mar Morto, um Objeto de Poder forjado por sua raça há, aproximadamente, quinhentos anos. Pistas levavam-no àquele lugar proibido e cheio de ameaças.

Provavelmente, por causa da desobediência – pois os anões alados zelavam pela confiança entre os irmãos –, ele não teria ninguém que reivindicasse sua vida, caso fosse preso por algum colosso. Ninguém iria em seu socorro, caso se encontrasse em perigo, até porque ninguém saberia seu paradeiro.

Após uma exaustiva caminhada de dois quilômetros, o anão começou a ouvir vozes vindas detrás do arvoredo, que escondia de seus olhos, como um fantástico muro vivo, o horizonte à frente. Ele não teve dúvidas: não eram vozes de homens grandes, eram vozes de gigantes.

– Peça para o abestado do Arnie – sugeriu uma potente voz feminina.

– Ele é um completo idiota. Coitado, quando chegar com os baldes não haverá mais mangas maduras no pé para ele colher e chupar – respondeu uma outra voz, aguda, mas claramente masculina.

O casal de gigantes riu com entusiasmo.

Então, escondido pela vegetação rasteira que contornava a clareira onde eles se encontravam, Le Goff ouviu o som de línguas mal-educadas lambendo as frutas e os próprios beiços com a mesma satisfação com que zombavam do terceiro gigante, de nome Arnie.

– Mas é verdade, Fany, estou realmente com muita sede. Por que será que Arnie está demorando tanto a chegar com a água?

– Nosso amigo é lerdo, Boong. Você se esqueceu? Não enxerga direito – respondeu a voz feminina, com malícia.

– Vamos passar um sermão nele. Não deveria estar demorando tanto com nossa água. Vamos mandá-lo buscar mais, assim que chegar.

Novamente a explosão de risos ecoou na copa das árvores.

Le Goff percebeu o que acontecia e não gostou nada daquilo. Os dois gigantes, Fany e Boong, estavam tirando sarro de um terceiro. Enquanto eles se deliciavam com as frutas da estação, aproveitavam-se da boa vontade de um colega que buscava água para eles no rio mais próximo – se é que o tal Arnie o fizesse por boa vontade, pois parecia ser bem o completo idiota de quem falavam.

O código de honra dos anões alados jamais permitiria uma coisa daquelas entre os irmãos. E ainda que permitisse, Le Goff jamais aceitaria zombarias como aquelas de qualquer outra criatura, mesmo que não fosse um irmão da tribo.

Inconformado, ele se afastou da clareira onde os estúpidos colossos se encontravam chupando manga e continuou, se dirigindo cautelosamente para o norte. Ele precisava chegar ao Cemitério Esquecido dos Anões Alados. Esse era seu secreto objetivo. Essa era sua missão.

O cemitério estava abandonado havia mais de quinhentos anos, desde que ocorrera a quebra de confiança entre os dois povos e a consequente inimizade entre eles. Os anões alados haviam sido expulsos daquelas terras desde então.

Para Le Goff, obter o Pergaminho do Mar Morto era uma questão de honra. Ele nunca tinha sido rejeitado por seus irmãos, ainda assim lutava contra um sentimento de inferioridade que o fazia desejar ser superior a todos ao seu redor. Por isso, desejava que o pergaminho fosse seu. Apesar daquela cor azeda de pele, como ele mesmo reconhecia, e das asas que para nada serviam, ele seria o possuidor do Objeto de Poder dos anões de sua espécie.

A vegetação tornou-se menos densa e alguns galhos se moveram na porção superior da floresta que ocultava o anão. Ele se abaixou e parou, silenciando todo e qualquer ruído que pudesse ser causado por seus movimentos.

Le Goff era muito pequeno, mas não o suficiente para se esconder de um gigante de três metros de altura, sob a moita onde ele se encontrava imóvel. Arrastava-se com a precisão digna de um anão e movia-se tão veloz como a ligeira serpente, mas precisava manter a cautela. Por isso, precisara parar.

O silêncio anunciou segurança. Gigantes eram ruidosos, isso ele sabia. Além disso, eram tidos como seres "imbecis". O que os colossos dominavam era o conhecimento esportivo. Qualquer outra forma de inteligência que necessitasse do raciocínio, e não de seus portes físicos avantajados e brutos, ficava fora de cogitação para eles. Dependiam da matemática e da lógica desenvolvida pelos homens grandes para construírem seus edifícios, além do mais desprezavam a história e a geografia, conhecimentos dominados pelos anões alados, seus inimigos mortais.

Os gigantes apreciavam o barulho das torcidas nas competições esportivas que promoviam, o movimento de seus corpos durante o lançamento de discos, a disputa pelo salto mais alto e as corridas a distância. Portanto, silêncio em uma floresta de gigantes significava caminho livre para qualquer anão.

Pensando dessa maneira, Le Goff avançou. Abriu caminho no meio do emaranhado de galhos e folhas com suas pequenas mãos, e respirou um ar mais fresco quando se moveu. Acabara de atravessar a muralha de árvores que cercava a entrada da terra de seus inimigos. Uma campina enorme estendia-se à frente até um rio que mal podia ser visto no horizonte.

Le Goff puxou para lados opostos as últimas folhagens, abrindo visão para o descampado. De maneira terrível, então, avistou o que temia desde que chegara àquele platô: um enorme olho esverdeado observando-o.

O anão tentou retroceder para se esconder novamente na vegetação baixa, mas sentiu as pernas serem agarradas por uma mão forte e robusta. Seu corpo recebeu um solavanco e revolucionou cento e oitenta graus, ficando de ponta cabeça.

Outra mão enorme segurou a sacola que pendia ao redor de seu corpo, quase caindo no chão, e a arrancou com impetuosidade. Os cabelos dourados do anão exibiram as tranças que, com a força da gravidade, moveram-se em sentido oposto àquele para o qual suas pernas foram puxadas. Ele fora descoberto por um gigante – pior: fora capturado.

Apavorado e de cabeça para baixo, o anão ficou cara a cara com seu algoz. Para seu terror, constatou uma cabeça oval e careca com uma boca de grossos lábios, um nariz proeminente e um único olho apavorante encarando-o com curiosidade. Jamais, em toda a sua vida, havia imaginado um ser tão assustador como aquele. Um gigante com um enorme e único olho.

O grito de Le Goff ribombou pela copa das árvores, agora movimentada pelo caminhar solto do colosso, e ecoou. Para o anão, aquele seria o prematuro fim de sua jornada. No entanto, mesmo aprisionado, ele percebeu algo estranho na atitude do gigante, que levou aos lábios o indicador da mão esquerda, a mesma que segurava a sacola pertencente ao anão.

O olho daquele grande ser se estreitou e todos os seus modos pareceram dizer: "Cale a boca. Não chame atenção!".

Tarde demais. Fany e Boong já se aproximavam para ver o que acontecia.

Le Goff, cuidadosamente deixado no chão, estava então cercado pelos três seres enormes que o fitavam com curiosidade. O anão ameaçou correr de um lado para outro, mas desistiu ao ver-se realmente preso por aquelas barreiras vivas e monstruosas.

– Ei! O que é você? – perguntou Boong.

– Ele é um anão alado! – acusou Fany com ímpeto.

Os três gigantes moveram as cabeças à procura de apêndices nas costas do anão. Não encontraram nada que pudessem supor serem estruturas de voo.

– Ele não me parece ter asas – sentenciou Boong.

Por mais assustado que estivesse naquele momento, Le Goff se condoeu com sua própria situação. Não ser identificado como um ser de sua raça era doloroso. Suas asas atrofiadas eram tão minúsculas que se escondiam muito bem dentro de sua camisa. E, por incrível que pudesse parecer, seu aleijão ia se tornando seu ingresso para aquelas terras que desejava trilhar.

– Ele é realmente pequeno – disse o gigante que havia descoberto Le Goff escondido na moita –, mas, sem dúvida, não é alado.

– Desde quando você sabe alguma coisa, Arnie? – esbravejou a giganta.

O anão percebeu que o gigante que o prendera, aquele com um único olho na face, era o sujeito de quem Fany e Boong caçoavam minutos atrás.

– Você trouxe os utensílios que lhe pedimos e o balde com água? – perguntou Boong a Arnie. – Estamos com sede e queremos pescar.

Arnie apontou para uma árvore a distância, onde jaziam três varas de pesca e dois baldes, que ele deixara cair para poder segurar o anão.

Le Goff percebeu a falta de atenção para consigo e pensou em fugir, mas desistiu imediatamente. Os gigantes estavam muito perto e o alcançariam com facilidade; sem dizer que poderiam ficar enfurecidos com tal atitude. O melhor seria aproveitar que não o haviam reconhecido como sendo um anão alado. Essa era sua melhor aposta.

– Preciso da sacola com meus pertences – solicitou Le Goff.

– Nenhum tipo de anão costuma andar sozinho. O que você faz por aqui? – perguntou Fany, com desconfiança.

– Certamente, ele se perdeu do bando. Vários anões aríetes chegaram há dois dias na cidade de Darin...

– Deixe-o falar, Boong... – Fany pensou em chamar seu amigo gigante de tolo, mas se conteve.

Le Goff percebeu que a giganta dominava o relacionamento entre os três colossos. Ela dava ordens e, ao mesmo tempo, tratava-os como imbecis, sem que eles percebessem ou se importassem.

Aproveitando a informação de Boong, o anão se pronunciou:

– Estávamos juntos, eu e meu bando. Precisei retornar na metade do trajeto pois... – Le Goff pausou sem dar a entender que precisava de tempo para inventar uma desculpa. Por sorte, foi interrompido por Arnie.

– Eles devem estar esperando você. Tome.

Fany, imediatamente, interrompeu o gesto de Arnie, que devolvia para o anão a sacola.

– Não é assim que funcionam as coisas – disse ela.

– Não? – perguntou o gigante caolho, desconcertado.

– Ele está na Terra dos Gigantes, seu tolo. E, além do mais, é um anão.

– Sim, ele é – confirmou Arnie, como um capacho.

– Mas este é um anão aríete – explicou Boong. – Não somos inimigos dos aríetes. Somente inimigos dos alados.

Com olhos perspicazes, a giganta perscrutou Le Goff.

– A única certeza que temos é a de que ele não é nenhuma criança e sim um adulto. E devemos suspeitar de todo e qualquer ser com altura abaixo de um metro e meio, que não seja uma criança.

Sem sombra de dúvida, Arnie parecia ser um pateta repetindo e confirmando as coisas que Fany dizia, com movimentos de cabeça ou com palavras. Mas Le Goff era sábio o suficiente para entender que o gigante manifestara certa estranha simpatia por ele, ainda que ingênua, talvez inconsciente, velada.

Embora tivesse ficado assustado, o anão percebera que a expressão facial de Arnie quando o capturara fora a de um gigante preocupado com a possibilidade de os outros colossos descobrirem seu achado. Naquele momento, Arnie interrompera a mentirosa explicação de Le Goff sobre pertencer ao grupo de anões arÍetes. Era como se Arnie, o gigante de um olho só, estivesse tentando ajudá-lo.

– Meus irmãos estão esperando por mim em Darin. Por favor, devolvam-me a sacola e deixem-me seguir – insistiu.

– Anões andam em bando. Sozinho e sem carta de aviso, mesmo não sendo um anão alado...

– Ele não é um anão alado. Olhe a cor da pele dele. É bizarro. Não se parece com qualquer tipo de anão – Boong interrompeu Fany.

Le Goff sentiu seu corpo queimar por dentro ao ouvir aquilo. Pela primeira vez na vida escutava de forma direta o insulto que, por cem anos, seus irmãos pouparam seus ouvidos. As pessoas o achavam estranho, atípico, esquisito. Antes que Fany tomasse novamente a palavra, ele ouviu Arnie começar a dizer:

– Talvez ele seja uma espécie de... – e ficou curioso para saber com o que mais ele poderia se parecer.

– Calem a boca, seus imbecis – ordenou a giganta mandona com ar de superioridade e visivelmente indignada por causa da interrupção que sofrera.

Ela se voltou para Le Goff e continuou:

– Nosso povo não nutre qualquer animosidade pelos anões aríetes. Sendo assim, você está livre para prosseguir por nossas terras. Mas... por outro lado... você foi pego esgueirando-se pela mata, tentando não ser visto por nós, o que nos parece bastante suspeito! Mesmo assim, deixaremos que prossiga. Contudo, se quiser que devolvamos a bolsa com seus pertences, terá que nos vencer em um desafio.

O suspense tomou conta daquela estranha reunião recheada de mentiras e insinuações. Arnie e Boong também estavam surpresos e não sabiam o que esperar. Fosse pelo que fosse, a verdade é que a giganta não nutria simpatias por Le Goff – e talvez por nenhum outro tipo de anão. Por isso, estava dificultando sua passagem. E, como gostava de fazer com todo mundo, naquela hora tirava onda com a cara do pequeno.

– Será fácil, porque não queremos atrasá-lo e também não desejamos que você prossiga sem o que, de fato, é seu – disse ela, apontando para a bolsa agora em sua mão. – Qualquer um em Enigma sabe que o povo encantado do Norte detém o conhecimento das ciências...

Le Goff respondeu "sim" com um aceno de cabeça.

Fany sacou do bolso uma folha de papel em que estava desenhada uma tabela de elementos estudados e descobertos pelo povo de Norm, o povo encantado de Enigma.

Lídio	*Berílio*		*Flúor*
Sódio	*Magnésio*		*Cloro*
Potássio	*Cálcio*		*Bromo*
Rubídio	*Estrôncio*		*Iodo*
Césio	*Bário*		*Astato*
Frâncio	*Rádio*		

Tabela de Elementos Químicos das Fadas

– Muitos de nós sabemos o nome de vários elementos contidos na tabela, mas não tão bem quanto as fadas. Olhe para os nomes e aproveite o tempo, pois você terá que me dizer o nome de cada elemento contido nas colunas. Esse é o desafio.

Arnie engoliu em seco e Boong estreitou os olhos, como que gostando do que acontecia. Le Goff fingiu espanto, mas riu por dentro. Aqueles estúpidos gigantes não sabiam que estavam diante do anão com a mais potente memória já conhecida.

– Se você errar o nome de um elemento sequer, não passará hoje por aqui. Voltará para sua terra e conseguirá uma carta de aviso de viagem ou um bando de anões aríetes para passar por aqui com você. Entendido?

O anão albino já ouvira falar da maioria daqueles elementos, já vira aquela tabela incontáveis vezes ao estudar a história do povo encantado, mas jamais precisara decorar nenhum daqueles nomes. O anão de asas atrofiadas logo percebeu que faltavam elementos naquela tabela. Provavelmente era um manuscrito desatualizado, pois ele já vira outro com muito mais nomes e mais bem desenhado.

Fany, imediatamente, recolheu a folha, ouvindo um falso protesto do anão.

– Ei! Deixe-me olhar para isso por mais um tempo – reivindicou.

– Seu tempo se esgotou, anão branquelo.

Le Goff fingiu estar chateado. Durante os poucos minutos em que visualizou as colunas contendo os nomes dos elementos, ele foi capaz de usar um de seus segredos para memorizar todos aqueles nomes.

Ele usou o som das iniciais do nome de cada elemento para formar frases que facilmente lhe pudessem vir à memória. Então, passou a repeti-las mentalmente, até que não lhe escapassem mais da mente. Elas ficaram assim:

"Le Só Pode Roubar Cenouras Frescas"

"BERnie MAGicamente CAusou um ESTrondo na BAnheira RAdiante (da Rainha)"

"Foi CLara a BROnca I AStuta"

Por certo que a pronúncia de seu primeiro e próprio nome se assemelhava à primeira sílaba da palavra Lítio, "Li".

Para a segunda coluna de elementos ele acrescentou "da Rainha" para ficar mais fácil guardar a quem pertencia tal radiante banheira. Somente a rainha Owl, do Reino de Enigma, poderia possuir uma banheira majestosa como a que ele imaginara.

Na terceira frase, ele dava ênfase à pronuncia da conjunção "e", soando como "i", para que se recordasse da palavra Iodo. E, ao repeti-la, sempre a visualizava como uma letra "i" maiúscula.

Para completar a história criada, ele conjecturou em silêncio que "a bronca clara e astuta" fora dada em razão de ele "roubar cenouras" e em Bernie, um de seus amigos anões, por "causar estrondo".

O anão sabia que essa estratégia de memorização se achava ligada à capacidade de a pessoa formar histórias que fizessem sentido, pelo menos para ela, mesmo que para outros essas histórias parecessem meio loucas. Este era um dos segredos.

– Vamos! O desafio foi lançado. Não demore muito. Comece falando os nomes dos elementos da primeira coluna da esquerda ou pode dar meia-volta e regressar para seu povo. Você entrará ou não na Terra dos Gigantes?

Le Goff encarou Fany, que permanecia com aquele ar zombeteiro de giganta malcriada, e começou a recitar o que lhe fora pedido.

– Lítio, Sódio, Potássio, Rubídio, Césio e Frâncio.

Os gigantes se apertavam ao redor da grandalhona para acompanhar os nomes escritos na folha de papel que estava em sua mão.

– Continue... quais os elementos da segunda coluna da esquerda, branquelo?

– Berílio, Magnésio, Cálcio, Estrôncio, Bário e Rádio.

Fany fechou a cara ao perceber que o anão ia vencendo o desafio.

– Vamos pular para a última coluna à direita! – gritou ela, furiosa.

– Flúor, Cloro, Bromo, Iodo e Astato – completou Le Goff, fingindo cautela ao recitar alguns nomes.

– Ele conseguiu. Ele passou no teste – precipitou-se Arnie.

Fany resmungou.

– Uau! – Arnie manifestou espanto, aturdido com a vitória do pequeno ser. – Dê a bolsa para ele, Fany. Ele venceu. Falou corretamente os nomes de todos os elementos da tabela das fadas, conforme lhe fora pedido.

Irada, a giganta, gritou o contrário do que todos esperavam ouvir:

– Peguem ele! O anão é um mentiroso. Ele é um impostor. Está tentando nos enganar.

Tardiamente, compreendendo o que tudo aquilo significava, Le Goff disparou a correr, mesmo sem sua bolsa. Assombrado diante daqueles seres colossais, ele sentiu o coração acelerar. Ele sabia que seria pego novamente. Ainda assim, precisava tentar escapar.

– Ele é um anão alado! – gritou ela.

– Mas onde estão suas asas? – perguntou Boong, confuso.

– Isso é impossível, Fany – retaliou Arnie, corajosamente, em sua estupidez.

– Somente um anão alado é capaz de memorizar tantas palavras como essas, após vê-las escritas uma única vez e por tão pouco tempo, seus burros. – A giganta disse cheia de ira. – Ele as recitou sem erros, não percebem, seus idiotas? Peguem ele! Ele não é um anão aríete. Ele é nosso inimigo! O que estão esperando, seus tolos!

OPORTUNISMO

Perturbado pela trapaça de Fany, o anão confessou para si que ela não era tão burra quanto aparentava e que ele próprio fora ingênuo. Ela conseguira enganá-lo direitinho. Como alguém poderia acusá-lo de ser alado, se asa alguma fora vista até aquele momento?

Passando por baixo da perna de Boong, escapando por pouco das garras de Fany, Le Goff teve de admitir que lhe faltara malícia e experiência para lidar com aqueles abestalhados colossos. Sua vida estava realmente por um triz. Ele seria capturado, jogado em uma prisão e ninguém daria falta dele no Reino de Enigma.

– Sua peste! – gritou a giganta, descontrolada, referindo-se ao anão.

Então, a mão de Arnie outra vez agarrou o albino, aprisionando-o; dessa vez, pela cintura, apertando-o com os dedos como se fossem um cinto. Aquele olho único, vítreo e cheio de compaixão, encarou os olhos amedrontados de Le Goff, enquanto levantava o anão.

De repente, Arnie encheu os pulmões de ar e soltou um espirro.

Algo poderoso e praticamente impossível aconteceu.

Nem mesmo um gigante – ainda que um estranho gigante como aquele – seria capaz de levantar tanta poeira do chão apenas com um espirro, por mais forte que fosse. Mas, Arnie conseguiu. Uma tempestade de areia formou-se com o esguicho de ar que saiu por suas narinas.

O pó, cheio de partículas silicosas, subiu como um turbilhão, anuviando por completo a visão de Fany e Boong. Toda a região ao redor do tropel que se formara escureceu por quase um minuto, até que toda a terra particulada se assentasse novamente no solo.

Durante a confusão cegante, ainda suspenso, Le Goff assistiu Arnie colocar seu pé no caminho de Fany, fazendo-a cair, o que, por consequência, serviu como pedra de tropeço para Boong. E, em seguida, o anão sentiu seu corpo ser jogado para o alto. Não apenas jogado, mas lançado como uma bala de canhão dos navios piratas sobre os quais já ouvira inúmeras histórias de terror e saque nos mares ao sul de Enigma.

Descrevendo uma parábola, Le Goff foi arremessado a quase quinhentos metros de distância do local onde ele antes se encontrava preso. O voo que suas asas atrofiadas jamais lhe conseguiriam proporcionar, ele alçou com a força do braço do gigante.

Ao cair, o anão mergulhou nas águas mansas de um rio que se movia com preguiça para o Oeste, saindo ileso da queda. Em questão de segundos, logo que emergiu, sua bolsa também caiu do céu ao seu lado.

Desesperado, Le Goff agarrou a alça da bolsa e nadou até a margem do rio oposta à campina de onde viera. Ele estava estarrecido com o que acabara de vivenciar. Ser atirado à distância por gigantes era serventia de anões aríetes. Essa situação muito poderia ter irritado Le Goff, que menosprezava a destreza atlética de tais anões. Mesmo assim, nunca tinha ouvido falar de um ser em Enigma com uma força como aquela, capaz de lançá-lo a meio quilômetro de distância. E mesmo que tal criatura existisse, seria muito improvável possuir também uma pontaria tão precisa para fazê-lo cair, a salvo, tão distante nas águas plácidas de um rio. Impossível.

Aquilo não fora coincidência: primeiro, o espirro sobrenatural, capaz de provocar um ciclone de poeira; depois, um lançamento perfeito que o salvara de maiores apuros...

O albino olhou ao redor e percebeu, aliviado, que escapara. Não havia indícios de que fora perseguido. Quem poderia imaginar que ele fosse parar ali, àquela distância de onde se encontrava segundos antes?

Impressionado com o que sucedera e aliviado por ter conseguido, finalmente, entrar na Terra dos Gigantes, o anão albino decidiu que precisava continuar sua jornada. E precisaria tomar mais cuidado dali em diante. Assentou-se na margem do rio e tomou fôlego, num breve descanso após o susto.

De uma forma paradoxal, aquilo que o desqualificava como anão alado, a atrofia de suas asas, o havia salvado de ser preso de imediato, pois não permitiu que os gigantes o identificassem. Por outro lado, sua maior virtude, sua supermemória, o denunciara descaradamente.

Ele estava certo de que precisava continuar. Sim. E também de que precisava ser mais cuidadoso. Esse era o novo mantra em sua mente. Cautela não seria demais. Estava certo para ele que sua deficiência o definiria tão bem quanto suas qualidades.

Primeiro, o anão deixou que o leve sopro do vento e o prazeroso calor do sol tratassem de secar suas roupas e, depois, pôs-se a conferir o conteúdo em sua bolsa.

Parecia estar tudo ali. Não da forma como deveria. Os pães que havia levado consigo encontravam-se molhados, portanto imprestáveis para serem comidos. A outra muda de roupa que levava também se molhou, nada de que precisasse se lamentar. O esquadro, o transferidor, o compasso, seu sextante... logo percebeu que um instrumento importante estava faltando.

Antes que Le Goff pudesse praguejar os gigantes, seus olhos deixaram de mirar o interior da bolsa e viajaram até as alturas do céu, encontrando, surpresos, a presença intimidadora de Arnie.

– Está procurando por isso? – perguntou o colosso, abrindo sua enorme mão.

"Como ele veio parar aqui tão depressa?", pensou o anão, aturdido por aquela presença enorme. Sem saber se deveria estender a mão para receber o objeto, Le Goff interrogou o gigante.

– Por que você está me ajudando?

– O que é isso? – perguntou Arnie, desprezando a curiosidade do anão.

– Essa é minha bússola magnética de marfim.

– Gostaria muito de saber para que serve.

O anão albino de asas atrofiadas encarou o gigante. Le Goff percebeu que Arnie não pretendia apenas matar uma curiosidade sobre o objeto em si. Ele fizera um questionamento de um modo como nenhum outro gigante jamais havia feito. Estaria ele interessado em outras formas de conhecimento? Estaria buscando conhecer as opções que a ciência poderia lhe oferecer para resolver seus problemas, além da força bruta que detinha?

– Uma bússola serve para encontrar ou determinar direções. É um excelente instrumento, mas de nada adianta se não soubermos aonde queremos chegar.

Percebendo que o gigante ainda tentava compreender o uso do objeto, o anão se aproximou dele e, finalmente, estendeu a mão. Arnie entregou-lhe a bússola. Le Goff apontou para sua agulha e continuou a explicar seu funcionamento.

– Você está vendo este ponteiro? A seta está indicando que o Norte fica para aquele lado, bem à nossa frente. É para lá que eu vou.

Arnie achou a simplicidade do instrumento muito interessante.

– Se o Norte geográfico está à nossa frente, o Sul encontra-se às nossas costas. Estenda seus braços em forma de cruz e você terá o Oeste à sua esquerda e o Leste à sua direita. O Sol sempre nasce no Leste. Leste!

O gigante pegou novamente a bússola e investigou o ponteiro. Ele achou engraçado ver a agulha sempre apontando para a mesma direção, independentemente do lado para o qual ele se movia.

– O Sol sempre nasce no Leste – repetiu Arnie. – Então para que precisamos de uma bússola? Podemos nos guiar pelo sol.

Le Goff encarou-o, satisfeito com a pergunta. Os anões alados eram doutores em geografia e história. E adoravam ensinar, quando a oportunidade surgia.

– Enfim, vejo que você não é tão tolo quanto parece.

O gigante não se ofendeu – aliás, ele parecia nunca se ofender –, e deixou o anão prosseguir com a explicação.

– Quando os dias são de tempestade e as nuvens nos impedem de ver o Sol, nada melhor do que uma bússola para nos guiar no caminho.

O gigante balançou a cabeça positivamente, sinalizando compreensão.

– Acho que começamos mal nossas apresentações. Eu me chamo Le Goff.

O anão estendeu a mão para cumprimentar o gigante, que ficou confuso, sem saber o que aquilo significava. O anão recolheu a mão, sem graça.

– Deixa pra lá.

– Eu me chamo Arnold Míron.

– Arnie! – disse o anão. – É, eu sei. Eu estava lá ouvindo eles falarem sobre você.

– Fany é muito engraçada. Mas detesta anões – riu.

– Eu não acharia engraçada uma pessoa que me tratasse como um idiota. Eles estavam fazendo você de palhaço. “Arnie, busque isso pra mim. Arnie, busque aquilo.” E, acima de tudo, se referiam a você como cao...

Constrangido pelo que iria dizer, Le Goff calou-se, mas suas palavras foram terminadas de maneira surpreendente pelo gigante.

– Caolho? Arnie caolho! – riu outra vez, ao dizer seu próprio apelido.

– Sim, isso mesmo. Eles se referiam a você dessa forma.

Mais risos pipocaram no ar.

– Pare com isso. Não ria – advertiu o anão – ou vou acreditar que você *é* realmente estúpido como um palhaço.

– Eles me chamam assim porque eu tenho um único olho.

– Certamente que eu já percebi – disse Le Goff, com repugnância.

– Nada mais justo, não acha?

– Pejorativo.

– Eu não me importo se não me pareço com eles. Isso não me faz detestá-los, se é o que está sugerindo. Apenas me torna único, não acha? Assim como o único olho que tenho.

Um sentimento estranho apoderou-se do anão ao escutar aquelas palavras. Elas eram sinceras. Estranhamente sinceras e… simples.

Ele olhou de forma cautelosa para o gigante à sua frente. Estaria ele sendo enganado novamente por aquele ser enorme e semelhante a um bobo da corte?

"Anões arietes e bardos se tornavam bobos da corte, nunca gigantes. Talvez aquele fosse o primeiro a se candidatar ao cargo", pensou o anão, divertindo-se.

Arnie vestia uma folgada calça cinza com bolsos largos, uma blusa mostarda de manga comprida, fechada na frente por botões. Usava braceletes de prata em ambos os pulsos, cheios de inscrições cônicas, e com uma espiral circundando-os, o que o tornava indiscutivelmente cafona. Le Goff percebeu o desenho da coruja em ambos, símbolo da realeza de Enigma. Tinha um único brinco na orelha esquerda, também prateado, e sandálias de couro. Sua careca reluzia ao sol, e seu olho asqueroso no centro do rosto, a meio caminho de onde deveriam estar os dois olhos normais, o transvestiam como uma entidade infernal, malévola e cheia de força. O largo maxilar e o furo no queixo só reforçavam sua tenebrosa imagem.

No geral, a aparência do gigante intimidava. Contudo, Le Goff só conseguia enxergar um tolo escondido por baixo de uma fantasia monstruosa e medonha. De repente, seus preconceitos foram assaltados pela pergunta que saiu da boca do colosso.

– Está evidente que você é um anão alado. Então, onde estão suas asas?

O olhar do anão turvou-se. O gigante percebeu que havia falado algo que não devia, mas já era tarde demais. Arnie demonstrava importar-se com os sentimentos alheios; paradoxalmente a tudo o que sua presença grotesca deixava transparecer, predominava seu sentimento de "deixar para lá" sobre qualquer ofensa relacionada à sua aparência estranha.

– Elas estão bem aí atrás – disse Le Goff, indicando com a cabeça –, mas não são grandes o suficiente para que eu possa voar ou para fazer volume na minha roupa – completou de maneira arrastada.

– Sei como é.

Sim. Arnold Míron sabia o que o anão estava tentando dizer com aquelas breves palavras. O silêncio que se seguiu trouxe constrangimento. Le Goff aguardava Arnie devolver-lhe a bússola. Só precisava pegar seu instrumento e dar o fora dali. Era o que mais desejava. Já fora confrontado muitas vezes em um único dia. Porém, muitas coisas ainda estavam pendentes em sua mente em relação aos fatos inusitados ocorridos durante aquela manhã de verão.

– Eu lhe contei sobre as minhas asas atrofiadas. É como ser um homem manco e passar a vida tentando esconder o fato, mesmo sabendo que todos ao redor percebem sua deficiência. Ninguém precisa saber detalhes sobre isso.

Arnie concordou, rindo estupidamente, ao ouvir o pedido indireto do anão.

– Agora que você sabe desse meu segredo, poderia, então, me contar um dos seus. Muitas amizades começam assim, quando compartilhamos nossos segredos.

O gigante animou-se ao ouvir a palavra "amizade". Parecia uma criança conhecendo a turma no primeiro dia de aula em sua nova escola.

– Eu adoro segredos. E também gosto de ter amigos. O que você quer que eu lhe conte, Le?

– O seu segredo.

– Sim. O meu segredo.

Le Goff ficou esperando, mas Arnie apenas sorria para ele.

– O meu segredo. O meu segredo? Qual segredo, Le?

– Ora, eu fui lançado com precisão a meio quilômetro de distância. Você provocou uma tempestade de areia apenas com um espirro. É sobrenatural, inaceitável que em qualquer raça de Enigma uma criatura possua pontaria e força tão elevadas. Qual o seu segredo, Arnie, diga-me, amigo, o que lhe dá tanta força?

O anão não estava sendo totalmente honesto, ao referir-se a seu interlocutor como amigo, porque de fato queria descobrir a qualquer custo a origem de toda aquela força.

O gigante vacilou, mantendo-se em silêncio e engolindo o riso. Não estava certo se deveria contar a verdade para aquele ser minúsculo que acabara de conhecer e que o encarava com determinação e suspeita.

"Gigantes e anões alados são inimigos mortais", pensou o colosso monocular.

– Se não vai me dizer, pelo menos me devolva a bússola – respondeu Le Goff, fazendo um jogo emocional com o gigante. – Eu preciso seguir para o Norte – disse apontando para o horizonte à sua frente. – Por um instante pensei que você seria bem mais que um gigante que me salvou de ser morto. E que poderíamos nos tornar amigos. Mas isso não precisa acontecer, se você não quiser.

"Bem mais que um gigante que me salvou." Aquelas palavras tocaram o coração de Arnie. Ninguém nunca havia pensado algo assim sobre ele.

– Nenhum gigante sabe sobre meu poder. Nunca perceberam que o possuo. Mas fui obrigado a usá-lo para salvar você. – Essas palavras simplesmente escaparam dos lábios inseguros de Arnie, como um pensamento incontido, após ser sensibilizado pelas palavras melindrosas do anão.

– Então, revelar-me essa informação nos tornaria, de fato, amigos. Não percebe?

– Mas nossos povos são inimigos, você sabe. Não temos nada a ver um com o outro.

– Sim, eu sei. E é por isso que ainda estou tentando compreender por que você me salvou de ser preso e talvez morto por aqueles seus infiéis amigos.

O gigante meditou naquelas palavras. Certamente, existia uma história muito maior por trás de tudo o que fizera por Le Goff, mas valeria a pena contá-la?

– Se eu lhe disser a origem da minha força, se revelar o que me capacita ser mais habilidoso, destro, mais veloz que qualquer outra criatura, então nos tornaremos verdadeiramente amigos?

– Eu já não lhe disse, Arnie? Amigos de verdade compartilham segredos.

A maneira como Le Goff conduzia a conversa era sedutora e tocava o ponto fraco do gigante. E mesmo que Arnie demonstrasse em suas palavras não se importar que os outros o chamassem de caolho e fizessem hora com sua cara, no fundo, ele estava se sentindo comovido com a atenção que recebia do anão e com a maneira gentil como vinha sendo tratado nas repetidas vezes em que era chamado de amigo.

– Vamos, ora. Para sermos amigos precisamos compartilhar segredos. Isso é o que define esse tipo de relacionamento – insistiu o pequeno.

– Eu lhe conto, então. Nos tornaremos amigos e seguiremos juntos para o Norte. Combinado? – Arnie voltou a abrir um sorriso.

Le Goff convencera o gigante a lhe contar seu segredo, mas não esperava aquela estranha condição: levá-lo consigo. De um modo ardiloso, o anão visualizou os benefícios de levar o gigante como seu companheiro de jornada. Ninguém melhor que Arnie para escoltá-lo em segurança até o Cemitério Esquecido dos Anões Alados.

– Somente um tolo não desejaria ter um amigo como você como companhia numa viagem como a minha. Quem conhece essas terras melhor do que um gigante? Combinado, meu amigo Arnie.

– A origem do meu poder está nestes braceletes – revelou, finalmente, o gigante, apontando para os objetos em seus pulsos.

Subitamente, como uma prova de seu poder inigualável, Arnie flexionou os joelhos e, com as duas mãos, arrancou do solo e segurou sobre a cabeça uma gigantesca rocha que devia pesar toneladas.

Os olhos do anão arregalaram-se e um calafrio atravessou-lhe a espinha. Le Goff se via diante de um ser superpoderoso.

NA CIDADE DE DARIN

Le Goff não media mais que um metro e meio de altura. Arnie beirava os três metros. O anão tinha os olhos e as preocupações voltados para sua missão: encontrar o Pergaminho do Mar Morto. O gigante, por sua vez, queria fazer amizade.

As duas figuras juntas, andando lado a lado, formavam uma estranha e bizarra dupla. Para cada passo de Arnie, Le Goff precisava adiantar pelo menos sete, com suas minúsculas pernas. O anão precisava gritar para que o som de sua voz chegasse inteligível aos ouvidos do colosso. Nada parecia visivelmente equilibrado na amizade que Arnie acreditava existir.

No entanto, fora providencial para o anão forjar o relacionamento.

– Ei, amigo!

Arnie abria um sorriso frágil e prazeroso quando Le Goff o chamava daquela maneira.

– Somos seres diferentes dentro de nossas próprias raças, mas as coisas também parecem não funcionar direito entre nós. A cor da minha pele não é igual a sua. Você é muito maior do que eu. Será um tédio para você me seguir. Olhe como eu ando devagar. Já estou esgotado e nem caminhamos dois quilômetros desde a margem do rio. Tem certeza de que você deseja me acompanhar?

O gigante parou e encarou o anão. Sorriu e o colocou sobre seu grosso pescoço, com as pernas pendentes sobre um ombro e outro, exatamente como um pai faz com um filho pequeno.

O anão desabrochou um sorriso. Conseguira o que queria: uma besta de transporte. Um jumento possante. Pelo menos, foi o que pensou. Aliás, esse era o jeito Le Goff de lidar com as coisas. Recalcado por causa do aleijão em suas asas, mas com soberba velada, ele adorava fazer os outros trabalharem em seu favor, embora nunca se curvasse ou declarasse diretamente a necessidade de ajuda.

O ritmo da caminhada ganhou velocidade descomunal para o anão. Em menos de meia hora, atravessaram todo o descampado e avistaram a cidade de Darin. Era uma cidade de gigantes, enorme em todas as suas dimensões.

Uma cadeia de montanhas servia como painel de fundo para a majestosa cidade. Contrafortes denunciavam a dificuldade de acesso à elevação, com sua densa vegetação coberta de neve, mesmo durante o verão, devido à altitude em que se encontrava.

– Precisamos aproveitar para comer alguma coisa. Se possível, também arrumar mantimento para levarmos em nossa jornada. Os pães que eu trouxe estragaram – comentou Le Goff. – Por outro lado, sua carona adiantou meio dia de caminhada. Obrigado, amigo. Agora, ponha-me no chão.

Arnie fez o que sabia fazer de melhor: sorriu e obedeceu.

Em questão de alguns minutos, Le Goff e Arnie adentravam os portões de Darin.

– Este é um anão aríete. Ele é meu amigo – anunciou o caolho.

Dois gigantes que faziam a guarda na entrada, sob os arcos perfeitamente circulares, cumprimentaram-nos com um aceno de cabeça.

"Formidável", pensou o anão. "Ao lado de Arnie, ninguém desconfia que eu seja um anão alado. Esse força bruta tapado veio, de fato, a calhar."

– Muito cuidado, Le – sussurrou o gigante caolho, abaixando-se para falar próximo do ouvido do anão –, as aparências podem enganar.

Um calafrio percorreu a espinha do anão ao ouvir o conselho de Arnie, imediatamente após fazer suas pérfidas maquinações em relação ao gigante.

– Um anão ao lado de um gigante não é algo comum em qualquer parte de Enigma. Assim como aconteceu com Fany, meu povo pode ter outras formas de desmascarar um impostor. Fique atento e não ouse se expor, se exibir – completou.

Arnie parecia estar lendo seus pensamentos. E Le Goff não gostou da palavra que o gigante usara: impostor. Aquilo era ofensivo, embora verdadeiro, já que o anão agia e falava como um impostor dentro daquele relacionamento que forjara.

Uma charrete puxada por dois fortes cavalos chegou logo após eles à entrada da cidade, mas devido ao andar vagaroso do anão, ela os ultrapassou.

Na tentativa de se desvencilhar de pensamentos ruins a respeito de sua passagem pela Terra dos Gigantes, Le Goff começou a vasculhar, atento, todos os cantos da larga rua com calçamento de pedras bem assentadas e calçadas espaçosas. Havia uma atmosfera buliçosa, característica de cidades grandes como aquela.

Esquecendo-se do que acabara de ouvir de Arnie e deixando-se entreter pelas novidades que via, o anão notou a presença de uma agradável família de não gigantes dentro da charrete. Um casal com as duas filhas: uma garota de cinco anos de idade e outra, provavelmente, de sete. Todos tinham olhos puxados, pele clara, rostos afilados e cabelos negros lisos.

– Sulistas orientais. Que bom encontrar não gigantes por aqui – suspirou o anão.

Algo, repentinamente, se moveu por detrás das crianças dentro da charrete. Um apêndice fibroso, delgado e comprido, atrás de cada uma delas. Algo consideravelmente maleável, móvel como uma serpente, que se agitava de um lado a outro, principalmente na extremidade superior, onde podia se ver um tufo de pelos.

– Aqueônios… – riu Arnie.

Então, Le Goff percebeu que não eram orientais do sul de Enigma, mas sim membros de um povo setentrional, do norte, logo abaixo das montanhas dos gigantes e ao sul da Terra das Fadas. Deviam estar regressando para suas terras e passavam por Darin. Essas criaturas eram semelhantes aos homens grandes, porém tinham cauda, um quinto membro que os auxiliava na locomoção e defesa, como o rabo que aparece em vários tipos de animais. Eles eram famosos por dominar o conhecimento da linguística.

Arnie acenou para as meninas aqueônias com um sorriso bronco nos lábios.

Le Goff achou-as excêntricas, espantosas. Já ouvira falar daquele povo, já estudara sua história e vira ilustrações de membros de suas tribos nos livros da biblioteca; mas conhecer outra raça pessoalmente não se comparava a qualquer imagem ou explicação apresentada em livros de geografia ou história, por melhores que pudessem ser.

O anão sabia que o cumprimento de um aqueônio era feito com o balançar de suas caudas. Sabia apenas na teoria e, talvez por isso, não fora capaz de identificá-lo. Isso o fez repensar todo o conhecimento adquirido na escola sobre os usos e costumes dos variados povos do reino. Encontrou nisso uma nova razão, não que fosse correta, para ter mentido aos seus irmãos anões e deixado, na surdina, a segurança da sua tribo. Era fantástica a experiência que estava vivendo.

– Não há nada melhor do que conhecer o mundo com os próprios olhos e caminhar por ele com os próprios pés. Aprender sobre a diversidade da vida sem a interferência da visão de terceiros ou os ruídos causados pelos contadores de história – disse Le Goff, com regozijo real.

– Que bom que você está gostando, Le. Darin é uma cidade maravilhosa – replicou o gigante.

Le Goff nem se apercebeu de que havia verbalizado seus mais íntimos pensamentos. Espontaneamente, continuou a dar vazão a eles, estabelecendo uma franca conversa com seu oportuno companheiro de aventura:

– Você já ouviu falar sobre os Objetos de Poder, Arnie?

– Não.

– Como imaginei.

– Do que se trata?

Outra vez, um pensamento soberbo atravessou a mente do anão, que menosprezou instintivamente a inteligência do gigante.

– Seis raças em Enigma foram agraciadas com sete objetos que detêm a origem dos conhecimentos usados durante a criação do universo. Os homens grandes tornaram-se guardiães da matemática e da lógica, conhecimentos que foram guardados em dois objetos; assim como os anões alados são os mestres da geografia e história contidas em um único objeto, por serem consideradas dentro de um mesmo tipo de saber; os gigantes estudaram as artes esportivas; os aqueônios dominam a linguística; as fadas possuem o poder das ciências naturais, especialmente da química profunda; e, por fim, o sétimo conhecimento ficou por conta dos anjos...

Le Goff não terminou sua fala, embasbacado com o vislumbre da praça onde entravam.

O colosso achou interessante ouvir aquilo, enquanto caminhava vagarosamente à frente do anão pelas ruas espaçosas de Darin. Entendeu que seu amigo tocara no assunto por causa da diversidade de criaturas e pessoas que circulavam no mercado da cidade. Com a presença de Le Goff naquele lugar, era bem provável que houvesse ali, naquele momento, uma amostra de cada povo do Reino de Enigma. O detalhe era que Le Goff era contado como um intruso anão alado.

Os gigantes eram seres amigáveis, exceto, é claro, em relação aos anões voadores. Todo o tipo de criatura poderia ser vista caminhando pelas ruas e na praça central da cidade.

– Não é todo mundo que crê na existência desses objetos – continuou o anão, desconsiderando a interrupção que fizera. – Muitos pensam que tudo não passa de uma lenda. No entanto, o certo é que a divisão do conhecimento ocorreu apenas com o intuito de facilitar o aprendizado, porque não teríamos a capacidade de saber sobre tudo. Então, cada povo se especializou em uma área do conhecimento. Olhe quantos povos diferentes temos aqui – apontou Le Goff na direção das enormes portas do mercado apinhado. – Seria impressionante se todos conseguíssemos trabalhar unidos... um dia!

– Nós, gigantes, nos damos bem com quase todo o mundo, isso é fato. E somos ótimos para assentar tijolos, levantar vigas e bater lajes nas construções... – interrompeu o grandalhão.

– Sim! Não tenho dúvidas de que são. Mas, como eu ia dizendo, quanto à divisão do conhecimento, tão necessária, isso também pode se tornar uma maldição, um perigo, meu amigo. Pense sobre minha área de domínio. Uma história contada sempre possui dois lados e a verdade se encontra, geralmente, a meio caminho entre eles. Como o olho no meio da sua testa.

Arnie riu, para não dizer que pareceu um paspalhão.

– Meu olho não fica na testa, Le. Aqui é minha testa, viu? – respondeu ainda gargalhando e mostrando para o anão que ele possuía uma testa.

– Desculpe-me, amigo. Eu não quis ofendê-lo.

– Não me ofendeu.

As sobrancelhas do anão elevaram-se, surpreso que estava com a ingenuidade e a pureza das reações do colosso em relação à bizarra condição de sua fisionomia. Ingenuidade e pureza sempre constantes e sinceras.

– Eu estou pensando em tudo o que aprendi e sei sobre a inimizade de nossos povos. Talvez, se não fossemos os únicos seres contadores e registradores da história, talvez, somente talvez, soubéssemos de algo importante, algum detalhe passado em branco, e não registrado, sobre o que aconteceu. O maior medo de um anão alado é o de escrever a história da forma como lhe convém, e não da forma como realmente ela ocorreu, você sabia?

O anão estava divagando. Talvez reconhecendo alguma culpa dos anões pela desavença havida com os gigantes. Estar em Darin causou-lhe um sentimento de extrema carência e injustiça. Todos os seres de sua raça deveriam poder andar por aquelas ruas e conviver com aquela gente, sem temer.

Olhando para as atitudes de Arnie, para tudo o que o colosso já fizera e estava fazendo por ele, para toda a ajuda oferecida de bom grado... O que de mais concreto Le Goff poderia esperar para desmistificar a história que aprendera? Ele se sentia apto a proclamar que gigantes e anões alados poderiam se dar bem.

Sem contar o fato de que ele estava enganando justamente quem o ajudava, fingindo ser seu amigo. Afinal, Le Goff não estava apenas usando o colosso para alcançar um fim? Não havia dúvida: de maneira intencional e perversa, o anão estava aproveitando-se física e emocionalmente das aptidões do gigante para realizar objetivos egoisticamente traçados.

– Este é o mercado central de Darin – anunciou Arnie.

O movimento de pessoas, das mais variadas alturas, suplantava a agitação encontrada nos mercados de Corema, capital de Enigma, e nos centros de outras cidades povoadas, conhecidas pelo anão. Ali existia verdadeira diversidade, um rico encontro de variadas culturas. Contudo, a impressão que se tinha era de que não havia multidões, embora o local estivesse lotado. Como todos os ambientes, por causa dos gigantes, eram espaçosos e largos, tudo o mais aparentava ser pequeno, falsamente escasso.

Todas as edificações eram exageradas no tamanho: portas, janelas, bancos de praças, etc. A impressão que se tinha era a de pouco movimento e de largo espaço entre uma pessoa e outra. Mas isso não passava de uma ilusão de ótica.

Uma espécie de artiodátilo, com pernas tão longas quanto o pescoço das girafas, servia de transporte para os gigantes. Eram chamados de "camelos gigantes", revelando a total originalidade de seus nomes. Dois deles caminhavam lentamente contornando a fonte da praça onde água jorrava de um chafariz arquitetonicamente trabalhado e cheio de bicas para todas as direções.

Quanto maior o gigante, maior o animal e mais lentos seus movimentos naquele local de negócios. Diferentemente dos anões alados, que não costumavam se misturar com outros povos, os gigantes faziam questão de promover a interação. Eram simpáticos, hospitaleiros e pareciam muito felizes.

– Precisamos nos mover devagar por aqui – explicou o gigante, falando sobre seu povo e observando a atenção dada pelo anão ao artiodátilo que caminhava à sua frente. – Quanto maior uma pessoa, mais lentos e medidos devem ser seus movimentos, para não acabar batendo ou pisando em pessoas menores. Eu me preocupo com isso, Le.

Antes que o anão pudesse meditar sobre a grandeza daquela declaração, foi interrompido.

– Você quer entrar? – perguntou o gigante a seu pretenso amigo.

O anão albino mirou a porta de uma taverna e pensou durante algum tempo. Mesmo acompanhado de um gigante, não queria se arriscar a entrar. Na verdade, sentia-se mal, pequeno demais, cercado por tantos seres tão altos.

Cortinas de seda escura cerravam a visão através das janelas da taverna. Mercadores e comerciantes adentravam o estabelecimento, com suas paredes externas exibindo imagens fantásticas e entalhes interessantíssimos que provocaram a curiosidade do anão historiador. Resolveu o conflito entre a precaução e a intenção, decidindo esperar do lado de fora. Le Goff olhou de esguelha a animação dos transeuntes pelas calçadas e jardins da praça e usou aquilo como desculpa para permanecer onde estava.

– Busque mantimento para nossa viagem. Podemos comer assim que deixarmos a saída norte de Darin. Seria menos arriscado para mim.

Percebendo que, embora encantado com tudo o que presenciava, o anão se sentiria melhor após deixar a cidade, Arnie obedeceu. Entrou na taverna, mas não sem antes lhe repetir um conselho.

– Lembre-se de que as coisas podem não ser exatamente o que parecem. Não caia novamente na lábia de um gigante. Quem sabe o que podem fazer para desmascará-lo?

Já se sentindo aborrecido de ouvir aquele propício colóquio, Le Goff apenas entortou os lábios em sinal de aprovação e assistiu ao amigo desaparecer dentro do estabelecimento.

Havia, em quase todos os edifícios, portas enormes para gigantes e portas convencionais para as criaturas de povos menores. Eram prova do respeito, da atenção, da hospitalidade dos gigantes, mas sob o olhar ferido e recalcado do anão albino, aquilo lhe pareceu uma adaptação grotesca para seres considerados inferiores.

A mente de Le Goff processou daquela maneira, mesmo que houvesse indícios do contrário. Por causa do recalque em relação à sua imperfeição física, seu olhar e julgamento tornaram-se deficientes com o passar dos anos, cheio que ele estava de orgulho e soberba velada. Era o oposto do que acontecia com Arnie, que, apesar de possuir um único olho, sempre enxergava com "bons olhos" todas as pessoas e suas intenções para com ele. E manifestava seus puros sentimentos.

O meio-dia se aproximava. Le Goff era experiente na leitura da posição solar, das sombras projetadas pelos objetos, assim como da posição das estrelas e da lua, à noite, no céu. Ele não precisava de um relógio para lhe indicar as horas. Alguns membros de sua raça, ele sabia bem, eram capazes até mesmo de ouvir a voz do vento e de traduzi-la.

Estivera viajando sozinho por quase dois dias. Estava cansado. Aquela parada em Darin fora providencial. O anão assentou-se ao redor da fonte na praça, colocou sua bolsa no chão, ao seu lado, e se deu a liberdade de respirar aquele ar puro e saudável do verão.

Após alguns segundos de introspecção, o som de uma conversa próxima chamou-lhe a atenção. O anão virou a cabeça e seus olhos encontraram os dois pares de olhos repuxados que vira anteriormente, na entrada da cidade. Eram as irmãs aqueônias.

As duas crianças conversavam, mirando-o. Le Goff sorriu para elas, que logo se aproximaram.

– Você é um anão – disse a mais velha.

– Sim. Não percebe que você é um pouco mais alta do que eu? No entanto, eu sou mais velho. Mais experiente. O que acha?

A aqueônia menor fitou sua irmã como se estivessem se comunicando por meio do olhar.

– O que você faz por aqui?

Mesmo pensando que a menina fora demasiadamente intrometida, Le Goff preferiu traduzir aquela pergunta como pura curiosidade infantil. A garota não poderia ter mais que oito anos, talvez tivesse sete. Ela devia achar um anão tão curioso quanto um anão adolescente, com cem anos de idade, acharia uma aqueônia, se encontrasse uma pela primeira vez. Mas, seguindo o conselho de Arnie e vacinado com a pegadinha de Fany, Le Goff começou a contar uma história falsa a seu respeito.

– Sou um anão aríete. Estou aqui para os jogos de verão. E vocês? São aqueônias, não são?

A menina menor voltou a encarar a irmã como se alguma coisa estivesse errada entre elas. Pareciam divergir sobre alguma questão. Talvez sobre o fato de estarem conversando com um estranho, pensou o anão. Havia indefinição na reação delas.

– Sim. Somos da Aqueônia, região logo abaixo das montanhas dos gigantes. E você? Como é o lugar de onde você vem?

"Nada de ingenuidade. Nunca mais, não é Arnie?", pensou o anão.

E, rapidamente, Le Goff tratou de descrever a terra dos anões aríetes da forma como estudara na escola. Ninguém como ele, um excelente historiador e magnífico geógrafo, aluno exemplar, para falar sobre os aríetes, primos distantes seus.

– Moramos na região da Prompeneia, no litoral austral, a leste de Corema, nossa capital. Numa região com pouca variação de altitude, cercada no poente pelo Pantanal das Sombras.

– Prompeneia! – exclamou a garota com quem Le Goff conversava – Essa é uma região cheia de morros, não *é?*

Le Goff teve a sensação de que a garota quisesse colocá-lo à prova, pois a região era justamente o contrário do que a menina dissera. Mas seu conhecimento de geografia o livraria da situação, caso aquilo fosse intencionalmente um teste.

– Não. Somos anões agrícolas, moramos em planícies, áreas geralmente formadas pela ação dos rios e mares. Superfícies com formações relativamente recentes, onde os processos de deposição superam os de desgaste. Portanto, são áreas planas e baixas.

A aqueônia menor distanciou-se de sua irmã e correu para longe da vista do anão. Le Goff percebeu que se excedera na explicação solicitada, mas havia sido cauteloso daquela vez. Um pouco técnico demais em se tratando de uma conversa com crianças, mas convincente o bastante para se fazer passar por um anão aríete.

– Acho que me tornei enfadonho – desculpou-se, sorrindo para a menina que permanecera à sua frente.

A garota abriu-lhe um sorriso cômico.

– É a sua primeira vez em Darin, não é?

Embalado por sua ânsia de mentir, Le Goff respondeu sem hesitar:

– Meu segundo verão na cidade. Viemos para as festividades esportivas, como já disse.

– Sim, é claro! – Uma luz parecia ter se acendido na mente da aqueônia. – Gostamos de vê-los sendo lançados para o alto por aqueles atletas gigantescos na arena, principalmente durante as aberturas dos jogos.

A ideia de ser lançado para o alto por um gigante, apenas por diversão esportiva, embrulhou o estômago de Le Goff. Era como ouvir alguém elogiar algum tipo de música do qual o ouvido não gosta. Por outro lado, pela fala da menina, o anão estava certo de que a enganara.

"Essa raça de anões é uma vergonha para o meu povo", pensou, indignado, o albino, deixando a garota continuar a falar.

– Eles sempre nos fazem dar muitas gargalhadas.

Le Goff ameaçou rir, contudo, repentinamente, manteve a seriedade no rosto diante da trágica declaração que ouviu em seguida, vinda da boca da menina.

– E vocês também.

Sem entender. O anão impostor perguntou, confuso e grilado:

– O que você quis dizer com "e vocês também", garota?

– Você não é um anão aríete – afirmou a aqueônia, com convicção.

– E você não é tão inteligente quanto parece – retrucou, desconcertado, Le Goff. – De onde você tirou essa ideia? Lógico que sou.

– Não é não.

– Sou!

– Dificilmente um anão aríete usaria a conjunção conclusiva "portanto". E você a usou duas vezes entre as poucas palavras que dirigiu a nós – retrucou ela.

Assustado com aquela dedução, que lhe parecia estúpida e forçada, Le Goff a acusou de querer causar intrigas.

– Um anão aríete jamais descreveria a localização da Prompeneia usando termos como: austral, variação de altitude, poente ou formações relativamente recentes. Isso é típico do vocabulário dos anões alados, dificilmente dominado por um aríete. Qual tipo de anão você na verdade é?

De modo precipitado, Le Goff correu para tapar a boca da menina. Era visível que a garota não tinha noção do desastre que poderia causar na vida dele com aquele tolo jogo de dedução. Para as aqueônias, aquela conversa havia sido, certamente, nada mais que um momento de diversão. O anão compreendeu que as meninas estavam apenas brincando de decifrar sua origem com base em sua linguagem. "Aqueônios são esmerados linguistas", lembrou-se o albino.

Talvez uma irmã tivesse desafiado a outra. Que dureza! Qual delas teria sido capaz de identificar primeiro o estranho anão, apenas incentivando-o a falar? Era tarde demais para responder a tais perguntas.

Le Goff caíra novamente em uma astuta armadilha. Porém, dessa vez, fora uma brincadeira de crianças aqueônias, não de um ardil de gigantes.

– Confesse. Você é um anão alado.

– Cale a boca, ô garota – ordenou o albino, ameaçando avançar sobre a menina.

Quem passava por perto pareceu ter ouvido o que ela falara. Contudo, a maioria prosseguiu sem dar atenção. O que teria acontecido, se apenas um gigante tivesse atentado para o conteúdo daquele diálogo entre os estrangeiros?

Ansioso e assombrado pelo que poderia lhe acontecer, se fosse descoberto naquele centro abarrotado de inimigos, o anão pegou sua bolsa, pensando em dar meia-volta e deixar o local, mesmo que fosse sem a companhia de Arnie.

– Você sequer tem o sotaque. Isso já seria suficiente para um bom linguista deduzir que você não é das planícies – explicou a menina, sem intenção de ser ofensiva, mas desejando demonstrar seu conhecimento no assunto.

No entanto, ser chamado de mentiroso era inaceitável para Le Goff. Como todo bom mentiroso, o anão mostrou-se ofendido por ser qualificado de tal maneira. O sentimento de afronta do impostor foi potencializado. Estava estampado em toda a sua comunicação não verbal. Melhor do que todos, ele sabia que era uma farsa e, mesmo assim, não aceitaria que mais alguém pensasse aquilo a seu respeito.

Egos à parte, nem mesmo o grande conhecimento sobre história e geografia ou a poderosa capacidade de memorização do anão poderiam livrá-lo da sentença que recaía sobre ele de forma tão inesperada.

A aqueônia estava certa. Possuir asas tornara-se apenas um detalhe para fazer dele um anão alado. Suas construções verbais, seu sotaque, sua forma de raciocinar e até sua maneira de descrever uma cena o condenariam. A identidade dos alados não se achava expressa apenas nos traços físicos do anão, mas em todo o seu ser e suas mais variadas expressões.

– Ele é um anão alado! – gritou outra voz por detrás de Le Goff, cortando seu coração com o terror.

A aqueônia mais nova, que desaparecera da vista do albino, estava há algum tempo investigando calada a possibilidade de haver asas escondidas debaixo da blusa do anão. De maneira intrépida, como uma criança faria, a garotinha estendeu sua cauda com cuidado até tocar debaixo da bainha da blusa que Le Goff usava, apalpando as asas atrofiadas do albino.

O grito incriminador soou no mesmo instante em que Le Goff sentiu seus apêndices de voo serem tocados. E num sobressalto ele virou o corpo.

A cauda dos aqueônios era muito mais forte do que aparentava, tinha molejo e gingado fáceis. Elas também possuíam cerdas minúsculas, porém afiadas para o corte. Com o susto e com a virada brusca, o anão sentiu a cauda da garota rasgar-lhe a blusa.

– Ele é um anão alado! – gritou novamente a menina menor para sua irmã, vibrando ao ver aquele par de asas exposto.

Todo movimento na praça central de Darin cessou por segundos. Era como se um gás venenoso tivesse sido liberado no ar e ninguém ousasse encher os pulmões para respirar. Apenas Le Goff se movia, de maneira triste e comovente, abanando duas pequenas asas assimétricas, e de tamanhos diferentes, para um lado e para o outro. Seu aleijão fora exposto. O anão agora se sentia nu, pelado.

Mesmo com o sol refulgente brilhando no topo da abóbada celestial, a escuridão pareceu tomar conta do local. Toda a praça central de Darin tornou-se sombria. As trevas eram provocadas pelas sombras dos inúmeros e gigantescos corpos de colossos presentes; eles foram convocados pelo grito da aqueônia.

O grito soou no ouvido dos gigantes como um chamado à guerra. Uma batalha de inúmeros gigantes contra um único anão alado incapaz de voar.

A FLORESTA TRANSPARENTE

Não demorou muito para que Arnie retornasse de dentro da taverna e presenciasse a situação complicada, perigosa e potencialmente mortífera, na qual Le Goff se encontrava.

Com olhares furiosos e cheios de cólera, os gigantes encaravam de cima o pequeno ser amedrontado, que corria sem rumo de um lado para o outro.

Houve um longo momento de tensão. A morte do anão parecia certa, como a de um pombo ferido no telhado cercado por gatos. O coração de Le Goff bateu acelerado, quase provocando seu desfalecimento.

Em que enrascada ele se metera? Na cidade de Darin, ele se tornara muito confiante devido à presença amistosa e imponente de Arnie. O gigante enganado era a única criatura que não representava para ele qualquer ameaça, mas ao colocar sua confiança na força do braço do outro, o anão abaixara a guarda novamente, tornando-se uma presa fácil.

Com suas asas desiguais e pequenas, em relação às asas de um saudável anão alado, Le Goff corria desconjuntado e desorientado dando voltas ao redor de um círculo imaginário. Sua ginga imperfeita e desastrada era nitidamente causada pelo desequilíbrio provocado pelos tamanhos desproporcionais de seus apêndices de voo. E sua cor amarelada destacava-o de qualquer outro ser presente no local.

O instante de silêncio e pavor passou, quando do meio da multidão de seres menores, não gigantes, uma risada ecoou escandalosa e de modo indecoroso. Em seguida, outra gargalhada e mais outra.

Em questão de segundos, o que antes parecia uma arena mortal, transformou-se em um picadeiro circense. Então, Le Goff, o anão albino alado de asas atrofiadas passou a fazer o papel de um palhaço.

Todos os gigantes começaram a rir desenfreadamente da figura patética e afetada, galhofando intensamente dos modos e trejeitos com que o anão mexia os braços e quase tropeçava nas próprias pernas. Às vezes, saltando do chão em uma frustrada tentativa de alçar voo; noutras, sendo jogado para os lados pela força desigual por suas próprias asas, definhadas e inúteis, ao bater; assemelhava-se a um manco que se embaraça ao tentar correr com muletas.

O desejo natural que Arnie teve de se juntar à zombeteira turba de escarnecedores não durou mais que meio segundo. O olho do gigante emitiu um brilho de tristeza, enquanto acompanhava aquele minúsculo ser com a cor da pele diferente dos demais, a quem estava gostando de chamar de amigo. E a melancolia foi o sentimento que o dominou.

Se Le Goff fosse um anão aríete, acostumado a fazer graças e provocar risadas, a cena não suscitaria piedade e dor no gigante. Mas, durante toda aquela manhã, Arnie já ouvira o suficiente da boca do albino para saber que aquele papel de bobo da corte era a maneira mais afrontosa de desdenhar de sua honra. E o que Le Goff mais considerava em si era o fato de ser reconhecido como um anão de honra.

Um riso incita outro, que suscita outro. E assim, a multidão ensandecida e anestesiada pela correria desgovernada do anão manteve-se alimentada de cômico prazer.

Assim como força e destreza, Arnie possuía uma visão fora do comum. E do alto, o gigante monocular observou nas feições de Le Goff um esgar de tristeza que culminaria em choro imediato. O anão não suportaria tanto escárnio e zombaria. Estrategicamente, o gigante avançou para o centro do picadeiro e com mão forte arrancou o anão do chão.

– Um anão alado! – gritou Arnie como se estivesse segurando um prêmio.

Com uma velocidade incomum, Arnie guardou a bolsa de Le Goff no enorme bolso de sua calça e, de modo disfarçado, jogou o anão para o alto.

– Você não fugirá de mim, seu anão voador – gritou, encenando.

A plateia riu ainda mais daquela cena. E, à medida que jogava e tornava a pegar o anão no ar, o gigante ia se afastando da praça por uma longa rua, rumo à saída norte de Darin. Era como se encenassem um número teatral para provocar risos na multidão.

– Esse anão é meu! – continuava gritando Arnie, sem deixar transparecer que sua intenção verdadeira era tirar Le Goff daquele lugar de humilhação. – Você não vai conseguir sair voando, seu passarinho suculento! Darei um fim em você.

O gigante promoveu seu espetáculo, acelerando cada vez mais seus passos, até que pudessem estar seguros fora dos muros da cidade. Ele precisou virar uma rua e mais outra, adiantar o passo para não ser seguido, até sumir definitivamente de vista e não deixar rastros.

Mesmo longe dos curiosos, as risadas ecoavam a distância, como genuína gritaria que sempre ocorria na cidade nos dias dos campeonatos e jogos desenvolvidos pelos colossais atletas de Darin.

Por quase meia hora após aquela rápida saída cênica, Arnie caminhou com Le Goff assentado sobre seu ombro esquerdo. Seguiam às margens de um rio cristalino que corria para leste, o Quisom.

O anão sabia que desviavam ligeiramente da direção que deveriam seguir, mas não reclamou. Estava mergulhado em pensamentos e tormentosos sentimentos.

Eles haviam passado por duas pontes de pedra em arco. Após a segunda, Arnie quebrou o silêncio reflexivo.

– Teremos que adentrar a floresta se quisermos continuar seguindo para o Norte. Não é o caminho mais rápido, porém…

Le Goff compreendeu que Arnie especulava sobre um trajeto mais seguro. Talvez um que não os colocasse novamente em contato com gigantes ou qualquer outro tipo de criaturas.

Várias árvores começaram a surgir isoladas, preenchendo o ambiente, enquanto a dupla avançava. Eram frondosas e altas o suficiente para impedir que mesmo um gigante avistasse o horizonte à frente. Filtravam a luz do sol, produzindo sombras intercaladas por retilíneos feixes de um brilho prateado e celestial. Eles estavam na Floresta Transparente.

A sensação para o anão era a de extrema paz e serenidade após o conturbado episódio de agitação pelo qual passara. Lembrou-se de um ditado que dizia: após a tempestade sempre vem a bonança. Então, seu coração aquietou-se. Um pouco.

Desde Darin, Le Goff segurava o choro. Já não bastava o vexame a que fora submetido, sendo tronado por uma estapafúrdia multidão de seres das mais variadas raças de Enigma? Não daria o braço a torcer quando o pior parecia ter passado.

Segurar o choro era, talvez, sua mais profunda demonstração de orgulho.

Arnie parou e colocou o anão no solo. Não precisou de justificativas ou explicações. Ele sabia que precisavam comer alguma coisa e, também, descansar.

Devolvendo a sacola com os pertences do anão, o gigante também tirou do bolso de sua calça um embrulho contendo uma massa azeitada e recheada com carne de peixe. Enquanto Le Goff abocanhava avidamente seu pedaço da torta, Arnie tratou de buscar água no rio. O cantil do gigante seria capaz de saciar a sede do anão pelo restante do caminho que este pretendia percorrer.

– Do outro lado do rio, está sendo construída uma nova arena. Vários gigantes trabalham no projeto desenvolvido por homens grandes de Corema. Será o maior campo esportivo de Enigma, aprovado pela rainha Owl – explicou-se Arnie, a fim de justificar o desvio que tomaram.

– Não gostei de ser lançado pelos ares como se fosse um anão aríete – lamentou Le Goff, aproveitando a quebra do silêncio pelo gigante e desconsiderando as explicações de seu amigo sobre a nova arena –, mas preciso lhe agradecer por me salvar outra vez.

Mesmo parecendo um gigante idiota, Arnie sabia que precisava deixar o anão desabafar. Então, decidiu falar o menos possível.

Uma camisa branca foi tirada de dentro da bolsa, e Le Goff a vestiu como se estivesse fisicamente ferido, cheio de cicatrizes profundas e recentemente feitas em seu corpo e que precisassem ser escondidas. Foi o único momento em que o gigante pôde observar nitidamente os apêndices de voo atrofiados do albino. Os penachos eram sustentados por ossos cobertos de pele rugosa e avermelhada que saíam do corpo peludo do anão.

– Se você deseja ser amigo de alguém com uma deficiência física, jamais, fique encarando aquilo que o faz ser diferente!

A exclamação repentina e quase raivosa de Le Goff para Arnie foi capturada e aprisionada pela ausência de sentido, quando o anão percebeu que encarava o olho único de seu companheiro. Humildemente, o gigante olhou para o lado, respeitando o pedido feito.

Foi um momento estranho, cheio de abstrações para ambos.

– Você ainda não me contou o que estamos indo fazer no norte da Terra dos Gigantes. O cume das montanhas é o fim de nossa jornada. Não há nada lá, a não ser... – Arnie começou a falar, porque se sentiu constrangido pelo que acabara de ouvir. Ele falava olhando para a copa das árvores, ainda procurando respeitar o desejo do anão. Ficou pensativo quando se lembrou do que se encontrava no final daquelas terras longínquas. Por segundos não soube o que dizer. Precisava mudar de assunto, não queria ser intrometido. – Se pretendemos chegar a algum lugar, é bom que descansemos um pouco. O dia tem sido muito agitado e…

Ao voltar seu olhar para Le Goff, percebeu que o anão adormecera. Aquele pequeno corpo jazia imóvel como uma pedra. Não emitia som algum, sequer o arfar da própria respiração provocava ruído. Sucumbira após tamanha humilhação.

Cuidadosamente, o gigante certificou-se de que o anão não estava morto, pois o tocou de leve no braço e ele grunhiu, sem abrir os olhos. Sendo assim, Arnie decidiu também se deitar. Dobrou os enormes braços sob a cabeça e tirou um cochilo.

Não haveria local melhor para uma parada como aquela. A temperatura estava agradável, a atmosfera, recheada de minúsculos insetos voadores inofensivos, enquanto inflorescências eram carregadas por um vento ameno.

Tudo na Floresta Transparente parecia reluzir com delicadeza e tranquilidade. Nenhuma sombra de malignidade ou de perversos viajantes ameaçava surgir rompendo deliberadamente a paz e a harmonia que compunham o ambiente sereno.

Na confusão em que se encontrava a mente de Le Goff, ao ser arrancado teatralmente da praça de Darin, o exímio historiador e geógrafo não percebeu o caminho que tomavam. O turbilhão de insinuações opressivas e negativas sobre sua própria pessoa assaltou-lhe a memória durante a fuga arquitetada por Arnie, obscurecendo-lhe o raciocínio e o bom senso.

Não era segredo para um bom conhecedor de história que aquela era a floresta onde toda a confusão entre anões alados e gigantes tivera início. A Floresta Transparente não era uma floresta comum. Ela abrigava uma poderosa magia, capaz de cortar como uma faca de dois gumes, produzindo frutos tanto para o bem quanto para o mal. Aquele lugar transcendia o mundo onírico.

Dessa maneira, sob o efeito da magia, Le Goff começou a sonhar.

– Eu não ligo que encarem minha deficiência. Se me importasse com isso, não seria capaz de olhar diretamente para ninguém e me tornaria um cego. Eu tenho um olho só e isso já me basta – disse Arnie, após despertar de um cochilo, dentro do sonho de Le Goff.

– É por isso que o acho um estúpido gigante – replicou o anão.

– Veja pelo lado bom, Le. Aceitando-me do jeito que sou, não preciso carregar a dura realidade de não ser igual aos outros e isso me poupa muita chateação. Se poupa!

– Sem protesto ou repúdio? Covarde. Você apenas estará incentivando as pessoas a olharem para você com um ar de piedade e condolência. Você deveria processá-las, levá-las perante o tribunal em Corema, condená-las por rirem de você.

– Está certo... algumas pessoas poderiam facilitar minha vida, mas não posso, por isso, culpar todas elas por acharem estranho algo que realmente não é convencional. Eu nasci com um único olho. Não vê? – explicou o gigante, rindo de sua própria condição.

– Você é um imbecil por causa disso, Arnie. Um completo idiota.

– Então é isso que você gostaria que eu fizesse: provocasse a rainha Owl para que baixasse um decreto de decapitação para todo aquele que se propusesse zombar de minha deficiência? – riu. – Eu estaria me tornando tão cruel quanto eles. Entenda: eu não pretendo ser arrogante, mas o fato é que não me importo realmente com o que a maioria das pessoas pensa sobre mim. Eu sou feliz com o que tenho e da forma que sou. Poucas coisas me bastam. E isso é o que importa. Ter encontrado um amigo como você, por exemplo, é suficiente. Sua opinião é o que importa para mim. Eu não ligo para a opinião dos outros. Foi muito bom conhecê-lo, Le.

Os olhos de Le Goff se arregalaram ao escutar aquilo. Sua boca começou a tremer como se tentasse segurar as palavras. O sonho parecia real.

"Estaria, de fato, sonhando?", pensou. O anão tinha a sensação de estar conversando de verdade com o colosso. E parecia ser obrigado a dizer coisas que não desejava, revelando suas mentiras.

– Tome conta da sua vida e me deixe em paz. Eu não sou seu amigo, idiota!

Surpreso, Arnie recuou a cabeça, espantado.

– Mas foi você mesmo que propôs isso. Nós compartilhamos nossos segredos um ao outro, lembra-se? "Amigos trocam segredos", "você poderia ser muito mais do que apenas o gigante que me salvou de ser morto, poderia ser meu amigo", foi o que você disse.

Ainda sem conseguir conter as palavras, o anão continuou a falar a verdade.

– Eu o enganei, seu idiota. Você é tão tapado que ainda não é capaz de perceber que o estou usando? Você é para mim como um burro de carga, apenas um meio para me fazer chegar mais rápido ao Cemitério Esquecido dos Anões Alados. E também me dar um pouco de diversão. Sua idiotice me faz rir. Sua fragilidade emocional faz qualquer um rir de você, seu imbecil.

Arnie sentia-se tão abismado com o que ouvira quanto Le Goff com o que acabara de dizer ao gigante. Que poder fazia aquelas palavras sinceras saírem tão facilmente da boca do anão aproveitador?

– Não diga isso, Le. Estou gostando tanto de nossa aventura. Por que não me falou antes? Eu posso levá-lo até o Cemitério dos Anões

com facilidade e com muito prazer. Então, quem sabe, você passe a gostar realmente de mim? Olhe, eu já estive lá muitas vezes. Será uma satisfação ajudar um amigo – insistiu, em vão, o colosso.

O anão tentava segurar a língua, mas não sabia o que estava acontecendo. Era como se uma força invisível o impedisse de mentir, obrigando-o a falar somente a verdade, nada mais que a verdade. Ainda que em sonho.

– Não repita isso. Não somos amigos, seu idiota. Não sou seu amigo.

– Mas podemos ser. Não é só você que se sente diferente no meio de seu próprio povo. Temos muito em comum. Podemos nos ajudar. E eu quero muito aprender coisas novas com você.

– Guarde sua carência e desastrosa afetividade somente para si. Não venha compartilhá-la com mais ninguém. É o melhor que você pode fazer. Cresça! – vociferou o anão –, tola besta abrutalhada. Não estou no mesmo barco que você, ouviu? Era de você que a multidão deveria rir no mercado central de Darin; não de um anão como eu, profundo conhecedor da história dos povos de Enigma. Sou considerado um respeitável estudioso no meio do meu povo, um anão de honra. Quanto a você, poderia ser o primeiro gigante a ser considerado um verdadeiro bobo da corte. Estúpido e desengonçado, tapado e sentimental.

– Le!?

– Não fale comigo, sua besta. Vá cuidar da sua vida e deixe a minha em paz!

– Le!?

Com o grito angustiado e sufocado do gigante, ambos acordaram bastante aturdidos.

O anão olhou no olho de seu companheiro. Estavam na floresta, no mesmo lugar onde haviam se deitado para o cochilo. Le Goff não tinha certeza do que acontecera, sabia somente que, naquele momento, estavam realmente acordados e que tudo não passara de um sonho, de um espantoso e angustiante sonho, no qual ele revelava sua verdadeira natureza mentirosa e enganadora para seu companheiro de viagem.

Eles ficaram se olhando por um longo tempo. Ambos tentavam processar o que acontecera. Por que não foi somente o anão que acordou? Se era ele quem estava sonhando, por que Arnie gritara ao acordar?

Por alguma razão, Le Goff cismou que Arnie tivera aquele mesmo terrível sonho no qual verdades foram expostas, de modo que o albino fora sincero pela primeira vez quanto ao que sentia em relação ao gigante. Seria possível?

Embora contencioso, tudo o que o anão dissera significava a mais pura verdade: sentia desprezo pelo colosso. Então, um litígio sombrio e velado instalou-se entre eles.

– Por quanto tempo dormimos? – perguntou o anão.

– Eu tive um sonho.

Procurando disfarçar a cisma, Le Goff meneou a cabeça.

– Dizem que é preciso um longo período de sono para atingirmos o mundo dos sonhos. Certamente que apagamos por horas... que dia cansativo e estranho. Ainda bem que tenho sua companhia, meu amigo.

Cético a respeito do que ouvira, o gigante expirou não como quem acaba de levantar de um sono restaurador, mas como um competidor esbaforido que acaba de correr léguas, cansado, fatigado por algo que o incomodava.

– O que você pretende encontrar no Cemitério dos Anões, Le?

Arregalados, os olhos de Le Goff não foram capazes de encarar o gigante novamente. Ele tentou se lembrar, mas não conseguiu encontrar o momento em que havia falado para Arnie que estavam indo para aquele local. Era simplesmente impossível acontecer aquilo a um anão alado com uma mente poderosa e preparada. Era inaceitável, para ele, deixar escapar o momento em que havia revelado tal importante objetivo de sua jornada.

Se Arnie sabia que estavam indo para o Cemitério Esquecido dos Anões Alados, era bem possível que o sonho que tivera fosse parecido ou idêntico ao dele. Ou o gigante teria meramente deduzido?

O que estava acontecendo?

– Eu já estive lá inúmeras vezes – completou o colosso, como se repetisse alguma fala pronunciada no sonho.

Ainda confuso, Le Goff suspeitou de que fora pego outra vez em suas mentiras e se sentia péssimo novamente, como se tivessem lhe tirado a roupa por completo em plena praça pública. Sua boca salivou, enchendo-se com um gosto azedo. Misturadas ao paladar acre, parecia haver pedrinhas que o impediam de continuar a falar. O anão interesseiro não conseguia inventar nada metódico ou plausível o suficiente para dizer.

O gigante tornou-se circunspecto, pela primeira vez à vista de Le Goff, e disse:

– Estamos na Floresta Transparente.

O nome daquele lugar dissipou toda dúvida.

E o anão chorou.

Como rios turbulentos, lágrimas escorriam pela face albina do mentiroso. Uma brisa suave soprava em sua face, que logo foi coberta pelas miúdas mãos com unhas grandes e sujas. Coriza descia de suas narinas e embebia seu bigode, encharcando em profusão sua rala barba trançada, típica de um jovem anão de cem anos de idade.

O choro que seu orgulho conseguira segurar até aquele momento desceu como chuva torrencial sobre sua face.

Le Goff se sentia envergonhado do modo como agira em relação ao gigante. Arnie fora o único que realmente o ajudara até aquele momento da jornada, que realmente se mostrava disposto a ser seu amigo e que acreditava verdadeiramente em uma busca sobre a qual pouco sabia e muitos duvidariam valer a pena.

Inúmeros viajantes evitavam a Floresta Transparente. Apenas um breve cochilo e todos os mais sombrios sentimentos e desejos de uma pessoa poderiam ser revelados em sonho para seus companheiros de travessia. Um lugar de descanso para os puros de coração e de condenação para os soberbos, mentirosos e desavisados.

"Debaixo de um carvalho sonhei e uma triste e prolongada maldição alcançou todo o meu povo", Le Goff recordou-se da primeira vez que escutou a lúgubre e traiçoeira história da discórdia entre anões alados e gigantes.

OS BRACELETES DE PODER

Em um único dia, o altivo e seguro anão albino havia sido enganado três vezes desde que entrara na Terra dos Gigantes.

Primeiro, a trapaça veio da giganta Fany, que revelou todo o conhecimento de memorização adquirido por anos de estudo e prática pelo anão. A qualidade que mais o diferenciava de seus irmãos revelou sua verdadeira identidade.

A segunda enganação foi promovida pelas meninas aqueônias, que descobriram sua origem. Le Goff foi traído por sua herança social. Os costumes e a cultura dos anões alados, sua capacidade de descrever lugares e as características próprias de sua língua enquadraram-no naquilo que distinguia os alados de outros povos anões.

E, por fim, o anão se deixara enganar pela beleza e serenidade da Floresta Transparente. Um lugar onde seus mais ocultos preconceitos, tendências e valores individuais revelaram quem de fato ele era.

Até aquele momento da jornada, Le Goff pensava ser autossuficiente e capacitado para realizar sua busca sem precisar da ajuda de ninguém, mesmo sendo um anão voador com deficiência, e ainda mais por causa disso. Se fosse necessário, como sempre fizera em toda a sua vida, ele manipularia quem quer que fosse para alcançar seus objetivos. Jamais assumiria que sua deficiência pudesse impedi-lo de realizar algo ou fazê-lo pedir a ajuda de alguém. Contudo, as coisas não andavam funcionando como ele imaginara desde que entrara na Terra dos Gigantes. Todos os seus subterfúgios acabavam, de alguma maneira, descobertos. E seu ímpeto de mentir poderia tê-lo levado rumo a um perigoso fim em cada um daqueles episódios.

"Talvez o grande idiota aqui seja eu", pensou Le Goff pela primeira vez.

Sem saber como prosseguir, após ter suas mais recônditas verdades reveladas pelo sono na Floresta Transparente, o anão se manteve sentado, com os braços ao redor das pernas e o rosto abaixado no meio dos joelhos. Ele estava envergonhado, sem condições de encarar o gigante ali, ao seu lado.

– Pare com isso, Le Goff – advertiu Arnie, olhando seu companheiro do alto de seus três metros de altura. – Eu realmente não me importo se você esteve me enganando todo esse tempo. É bem provável que eu tenha percebido, mas ignorei.

Os soluços de Le Goff foram diminuindo. Ele sabia que, dessa vez, era o gigante que estava mentindo. Precisaria ser inumano para não sentir o peso de uma traição. Até mesmo um grotesco e abobalhado colosso como Arnie tinha sentimentos capazes de serem magoados pela força do desprezo, da infidelidade e da mentira.

Desde que iniciaram a viagem, era como se o gigante pedisse "por favor" para que o anão fosse seu amigo de verdade. Quem seria capaz de passar por tão profunda humilhação ou por tanto tempo investir em um relacionamento assim?

– Tudo bem. Eu estou realmente decepcionado com você, e triste. Mas vou desconsiderar. Só mais esta vez.

Le Goff encarou o gigante ao ouvir aquilo. Abismado e incrédulo. Aos seus ouvidos, o "só mais esta vez" lhe pareceu soar "mais setenta vezes sete", "o quanto for necessário". O anão tinha grandes suspeitas de que, se preciso fosse, Arnie continuaria ao seu lado até o fim da jornada, mesmo sabendo que vinha sendo usado e feito de bobo.

– Se você me prometer parar de chorar neste instante, eu me obrigo a levá-lo em segurança até o Cemitério Esquecido dos Anões Alados – continuou Arnie.

Le Goff tentou enxugar as lágrimas, ainda incrédulo em relação ao que ouvira, mas desabou a chorar mais e mais.

– Estou falando sério. Pare agora, ou não irei ajudá-lo a partir daqui.

Um pedido em vão. O choro persistiu.

– Você foi brilhante em todos os momentos deste dia – disse Arnie, soltando aquela estúpida risada que só ele conseguia dar, o que também fez com que o anão achasse graça, apesar do choro copioso. – Pessoas autênticas não conseguem esconder o que são, porque não são cópias. Tudo o que é original também é facilmente reconhecido, impossível de passar despercebido, mesmo quando maquiado por um universo de mentiras. E por isso que você é tão facilmente descoberto e reconhecido, não percebe? E tem mais, Le. Eu acredito que o gigante que eu pretendo me tornar daqui a algum tempo está refletido naqueles por quem me deixo cercar hoje. E existem muitas qualidades em você que eu gostaria de ver em mim. Algum dia, quem sabe.

O anão emocionou-se ao ouvir tais palavras, ainda mais vindas do ser que estava à sua frente. Com verdadeira honra e decisão inabalável, ele se levantou e, aproximando-se do gigante, estendeu-lhe a mão molhada de lágrimas. Ele sabia que estava diante de um ser nobre, excelente e autêntico, muito superior a qualquer outro amigo que já tivera em sua tribo, no meio de seu próprio povo. Le Goff teve certeza, naquele momento, de que eles não seriam apenas companheiros de viagem, seriam mais do que isso: amigos, mais chegados que irmãos.

Naquele momento, o colosso entendeu que devia apertar a mão do anão.

– Obrigado, Arnie. Obrigado por tudo. Nunca imaginei encontrar alguém como você. Por favor, toque aqui.

Mãos de tamanhos desproporcionais se apertaram. Uma aliança purificada de amizade acabava de selar-se entre um anão alado e um gigante.

Arnie achou estranho, mas gostou daquele tipo de gesto e riu.

– Não ouse falar do que passou, Le. Precisamos focar em nossa aventura, se quisermos chegar até o fim. Não precisamos remoer o que aconteceu até aqui. Por que não me contou logo que estava indo para o Cemitério Esquecido dos Anões Alados?

Ganhando vigor e recompondo-se de sua debilidade, os olhos de Le Goff voltavam a brilhar.

– Vejo que você não tem ideia da metade das coisas que estão envolvidas em minha missão. Tenho culpa também por ter ignorado até agora parte do mistério que se encontra bem no centro do nosso relacionamento.

A que Le Goff poderia estar se referindo? Arnie adorava mistérios e pareceu se interessar especialmente pelo enigma que supostamente o envolvia, mas ainda receava que o anão voltasse a ficar deprimido, falando do mau começo que tiveram.

– Não acredito no acaso. Todas as coisas guardam um propósito e não pode ter sido à toa que, por conta do destino, acabamos nos encontrando. Lembra-se, em Darin, quando lhe falei sobre os sete objetos contendo os conhecimentos que foram capazes de construir o universo de Enigma?

Compenetrado, o gigante meneou a cabeça e continuou escutando. Estava excitado por ver o ânimo, aos poucos, retornar às palavras do amigo.

– Os braceletes que você usa... – apontou o anão –, eles são o Objeto de Poder dos gigantes.

Arnie sorriu. Le Goff percebeu que o grandalhão não tinha alcançado a profundidade daquela revelação.

– Você é o portador de um Objeto de Poder, Arnie. Você não tem ideia do que significa isso, não é?

– Talvez.

– Segundo a história contada nos livros, o objeto original era formado por um par de pulseiras, as Pulseiras de Ischa. Eu estava relutando para aceitar o fato, mas não tenho dúvida de que sejam elas. Onde as encontrou? Como você encontrou esses braceletes?

Arnie começou a gargalhar.

– O que foi dessa vez? – perguntou o anão sem se ofender.

– Eu os encontrei no Cemitério Esquecido dos Anões.

Le Goff ficou petrificado. Aquilo evidenciava ainda mais o fato de aqueles braceletes serem, na verdade, um Objeto de Poder, as Pulseiras de Ischa. Le Goff conhecia bem toda a história.

– Conte-me como os encontrou, Arnie.

O gigante mostrou-se confuso, mas as palavras começaram a fluir de sua boca com segurança.

– Eu me sentia rejeitado pelos outros gigantes. Isso aconteceu há aproximadamente um ano, quando os braceletes ainda não se encontravam em meus punhos – apontou com a cabeça para o Objeto de Poder. – Minha visão era míope. Você consegue imaginar um gigante com um único olho e míope? Eu era uma negação em tudo o que me propunha fazer, quero dizer, em todo esporte que tentava praticar. E todos os meus amigos tiravam sarro de mim. Talvez você seja a única pessoa que consiga me entender plenamente, Le. A prática esportiva é o que nos caracteriza. E eu era um colosso sem qualquer potencial e futuro.

De fato, aquela era uma história parecida com a do anão que a escutava.

– Era deprimente errar o alvo no lançamento de vara, nunca conseguir manter a direção correta no salto em distância; jogar bola nem pensar, meus pés se embaralhavam e tropeçavam ou neles mesmos ou na bola. Um gigante que não consegue ser bom em esporte algum não é considerado um gigante de verdade. E, infelizmente, eu não tinha como adquirir qualquer outro tipo de conhecimento capaz de me dar uma vantagem sobre isso tudo.

Arnie fez um adendo à história que contava.

– Nesta manhã, quando o vi memorizar todas aquelas palavras num rápido instante e recitá-las com perfeição, lembrei-me de quando eu não tinha os braceletes. Eu acreditava que outras formas de conhecimento poderiam me destacar no meio do meu povo, suprir minha deficiência em relação ao esporte e me colocar em evidência. Você foi mesmo impressionante, Le.

Percebendo que ia se tornando prolixo, Arnie retornou à sombria e original história que narrava.

– Então, por causa da solidão e da rejeição que sentia, eu me isolava nos cantos mais remotos de nossa terra, da Terra dos Gigantes, sem que ninguém soubesse. No passado, quando os anões alados eram nossos amigos, eles edificaram o cemitério no cume da montanha mais alta de nossas possessões. Vocês são assim, possuem asas, então, estão sempre construindo nos lugares altos. Lugares onde o vento sopra intenso e as nuvens jamais ofuscam o sol. Então, aquele lugar abandonado se tornou o preferido para meu isolamento. Suas ruínas não se parecem em nada com o que um dia foi um cemitério. Eu não sei o que pode parecer para os outros, mas para mim tornou-se um castelo. Meu refúgio no mais alto lugar.

O semblante de Arnie modificou-se. Seu olho se retesou, ele pareceu contrair algum músculo facial que repuxou suas bochechas e fez sobressair o furo que pontuava seu sólido queixo. Uma feição de preocupação. Sobrancelha suspensa.

– Para além da base oeste das montanhas que compõem nossa terra, o Rio das Sombras faz separação entre o Reino de Enigma e as Terras de Ignor. Daquelas localidades ermas e distantes, espiões começaram a ser enviados com algum propósito nos últimos anos. Era inverno e as encostas ficavam cobertas de neve. O vento gelado uivava por entre as escarpas como o sopro de um flautista tocando uma melancólica e conhecida canção. Faltava pouco para o sol se pôr. Mas a lua cheia, como um gigantesco prato branco no céu, já cintilava no horizonte oposto.

"Com as costas apoiadas no muro de pedras retangulares e esculpidas do cemitério, sentado na beira do abismo, com os joelhos dobrados e pernas pendendo para a escuridão que se avolumava cada vez mais sob meus pés, eu avistei um vulto subindo a encosta logo abaixo.

"Como de costume, joguei-me e fui descendo, agarrando-me nas reentrâncias da rocha por mim conhecidas – o mesmo caminho que sempre fazia para subir até o cemitério e de lá descer.

"Primeiro me veio à mente a possibilidade da presença de uma enorme ave invernal, mas não temos esses tipos de animais voadores por aqui há um longo tempo. Talvez fosse uma enorme coruja. Então, ao me aproximar do vulto, percebi tratar-se de um anão alado, voando tropegamente. Ele estava ferido, quase desfalecendo. Uma flecha havia trespassado seu abdome. Sangue congelado impregnava suas vestes rotas e maltrapilhas. Certamente, ele precisou de muita força e determinação para conseguir voar até a altura em que o encontrei.

"Ele estava assustado e sua condição piorou quando viu que eu era um gigante. Em momento algum passou por minha cabeça maltratá-lo. O anão caiu aos meus pés e retirei minha camisa para agasalhá-lo. Era o que eu tinha, o que eu podia fazer por ele naquele momento. Não estava nevando. Não ainda. E eu seria capaz de suportar o frio. Foi assim que fiz seu irmão perceber que se achava seguro em minha presença."

Le Goff estava comovido com a história do gigante. Cada suspiro promovido pelos pulmões de Arnie parecia exalar nobreza, ao contar-lhe seus atos da mais pura coragem e ousadia. Ao retirar a camisa para cobrir seu inimigo, o gigante na verdade estava negando a inimizade entre os dois povos. Um gigante de um olho só e com um coração valente, que batia como os tambores da corte anunciando a presença da rainha. Um coração que valia por mil corações.

No fundo, o anão sabia que a maior honra que podia existir não estava em se superar para suprir sua própria deficiência, mas em colocar em risco sua própria vida em favor de alguém em apuros. Um gigante ajudando seu inimigo moribundo era uma atitude contrária a todas as convenções culturais divergentes entre os dois povos.

– Vestigo, o Flecha – mencionou Le Goff, em baixo tom de voz e ainda pensativo. – O anão que você encontrou ferido no crepúsculo daquele inverno era Vestigo. O que aconteceu com meu irmão? Nunca soubemos ao certo por que ele nos deixou. Mas eu sempre suspeitei de que ele estivesse em busca do mesmo que eu. Será possível que ele tenha se perdido naquelas estranhas terras malignas?

– Por causa da flecha ainda cravada em seu abdome, eu deduzi que ele fora capturado por espiões de Ignor. Quanto tempo ele passou cativo nas terras sombrias? Creio que jamais saberei. O que queriam com ele? Outro mistério para mim. Um anão alado fugindo das terras dos inimigos do meu reino. Ele morreu em meus braços e suas últimas palavras foram: "Um gigante? Deus o abençoe, amigo". Ele ainda tentou apontar algo no céu com o dedo. Então, eu vi seus olhos ficarem imóveis e abertos olhando para cima, enquanto, por fim, ele falou: *Betelgeuse*. Estranha palavra para um gigante. Durante várias semanas, eu me envolvi com diversos viajantes na praça de Darin, a fim de descobrir alguém que me explicasse o significado daquilo, até que, um dia, me ensinaram que Betelgeuse é uma estrela que compõe a constelação do Caçador, antigamente conhecida como constelação de Orion.

Le Goff anuiu com a cabeça.

– Essa estranha palavra nunca mais saiu de minha mente. Senti as asas de seu irmão se enfraquecerem e o pescoço dele tombar para o lado em meus braços. Olhei para o céu, tentando entender o que ele queria dizer com aquilo, mesmo ainda sem saber que ele falava de estrelas. Eu interpretei como sendo um adeus. Betelgeuse é uma linda palavra para um adeus, não acha? Então, atormentado, eu chorei.

O olho de Arnie merejava.

– Eu o coloquei sobre os ombros e subi novamente até o cemitério, já sob o luar. Não poderia deixá-lo sobre as fendas das rochas. Nenhum outro lugar seria mais propício para enterrá-lo, sendo que logo acima era o Cemitério dos Anões Alados. As ruínas de um tempo esquecido, de uma amizade gloriosa que se desfez. Meu palácio no céu.

"Uma lápide de bronze me serviu como pá. E não foi difícil cavar uma cova. Vocês são relativamente pequenos para nós. Qualquer que fosse o local escolhido para colocá-lo, eu apenas precisava enterrá-lo antes de voltar para casa. Ele me chamara de amigo e me abençoara antes de sua morte dolorosa.

"Determinado e sem escolher um local especial, eu me pus a cavar. Removia a terra com rapidez, preocupado com a geada que se aproximava e com a precipitação que se fechava densa ao redor do pico onde me encontrava. A lápide de bronze não se quebrou, mas para meu espanto, tocou algo inesperado. Uma urna funerária de mármore oculta sob o solo do cemitério. Eu não imaginava encontrar algo, muito menos os braceletes. Mas eles estavam lá, dentro dela, junto com as cinzas de um morto."

– As cinzas de Ischa – completou o anão. – Eu conheço bem a história. Isso prova, definitivamente, que seus braceletes são o Objeto de Poder dos gigantes sobre o qual me referi. Somente eles seriam capazes de lhe proporcionar tanto poder.

EM APUROS

Entorpecido pela história que escutara, Le Goff decidiu que precisavam avançar. Era grande a esperança de encontrar o Objeto de Poder que perseguia. O relato de Arnie deu-lhe forças, muita esperança e uma noção de urgência. Aquela fora uma linda história, embora narrasse a morte de um irmão.

O gigante caminhava depressa com o anão nos ombros. Ambos com os pensamentos fixos na ideia de chegarem ao cemitério.

"Mas... e quando chegarmos lá? Não possuímos pista alguma de por onde começar a procurar pelo pergaminho", pensava o albino. "Betelgeuse. Trata-se de um enigma. Só pode ser isso. O que quer que tenha acontecido em Ignor, a verdade é que Vestigo descobriu algo e tentava passar adiante, para que outros não precisassem sofrer como ele sofreu em troca de tal descoberta."

A partir daquele momento, Le Goff convenceu-se de que havia uma pista sobre o paradeiro do que procurava. E tudo graças ao encontro com Arnie e à amizade que fizera com ele. Era como se uma mão invisível conduzisse o destino de todos. Essa era uma velha crença do povo alado.

O céu começava a exibir estrelas. A escuridão densa chegaria em breve. O clima tornava-se mais rigoroso, com a temperatura caindo e o vento soprando mais forte. Os dois aventureiros acompanhavam o curso do rio. A Floresta Transparente ficara para trás.

– Esse é o Rio Quisom. Ele possui setenta quilômetros de comprimento e várias quedas d'água até desaguar finalmente ao norte, banhando o Vale dos Fossos Famintos. Você deve saber do que estou falando: desfiladeiros labirínticos habitados por seres mágicos e hostis. Mil e cem quilômetros quadrados da terra lá embaixo têm a água de suas precipitações drenadas para esse curso de água ou algum de seus afluentes.

Não havia como evitar o riso. Arnie ficava muito impressionado ao ouvir Le Goff falar daquela maneira, mas também achava graça. O anão havia encontrado plateia amistosa, de uma única pessoa, para ouvi-lo declarar seus conhecimentos. O bom é que tinha se recomposto, finalmente, de todo o drama que vivera até ali.

– Como vocês conseguem guardar tantas informações sobre tudo? – perguntou o colosso, curioso.

– Esse é o segredo dos anões alados.

– É algum tipo de magia?

Foi a vez de o anão gargalhar.

– Talvez seja magia, se considerarmos que treino e muito esforço possam produzir algo sobrenatural. E é bem provável que produza – riu incontidamente. – Trata-se, na verdade, de algumas técnicas secretas desenvolvidas pelo meu povo desde a Antiguidade, que praticamos com afinco. Para se ter uma boa memória, Arnie, deve-se começar exercitando a atenção e a concentração. Nunca esquecemos aquilo com que nos importamos de fato. Em resumo, essa é a base do segredo!

Avistaram um abrigo a duzentos metros de distância. Então, a conversa se encerrou, antes que Arnie pudesse pedir para que Le Goff lhe ensinasse um pouco mais sobre aquela arte oculta dos anões alados.

– O que temos ali?

– Uma cabana abandonada. Uma cabana de gigantes.

– Para onde eles foram? – perguntou o anão.

– Ah, muitos deixaram a vida rústica após o crescimento das cidades. Quirezim fica a trinta quilômetros daqui, afastando-se um pouco da descida do rio, para leste. Obviamente que não passaremos por ela.

– Desviamos muito, eu sei. Para não sermos vistos.

– No entanto, esse é um bom lugar para passarmos a noite, Le. Pela manhã atravessaremos para a outra margem e logo chegaremos ao cemitério.

O anão gostou de ouvir aquilo. Seu coração encheu-se de esperança. Aproximava-se cada vez mais do pergaminho e agora tudo estava resolvido entre ele e o gigante. Tudo parecia uma bênção divina.

Acomodados na palha encontrada no abrigo, como bons amigos sempre fazem, eles passaram um tempo conversando antes de caírem no sono.

– Você está vendo aquela estrela brilhante, Arnie?

– É Betelgeuse.

Le Goff ficou admirado. O gigante realmente pesquisara sobre o astro. O anão sabia que poucas criaturas, dentre todas as raças de Enigma, costumavam olhar com critério para o céu à noite – aquele magnífico painel cintilante, cheio de brilho, maravilhas e mistérios.

– Você vê aquelas três estrelas próximas umas das outras? – perguntou o anão.

– Sim. Elas estão sempre lá, não é?

– Sim. Elas estão – Le Goff respondeu sorrindo. – Elas são chamadas de *Las Tres Hermanas.* Esse é o grupo de estrelas mais conhecido pelos leigos em astronomia. Ao redor dessas estrelas encontramos quatro outras, formando um trapézio, sendo que Betelgeuse é a mais brilhante das quatro. – O anão apontou uma por uma no céu. – A constelação do Caçador é formada pela união de todas elas, Arnie. Imagine o corpo de um guerreiro. *Las Tres Hermanas* formam seu cinto. O cinturão do Caçador.

O gigante gastou tempo contemplando as estrelas.

– Na Terra dos Anjos, ao sul de Enigma, existem três enormes pirâmides com os vértices do topo apontando para essas três estrelas, em um alinhamento perfeito.

Arnie manteve-se em silêncio, enquanto Le Goff prosseguia com sua narrativa. Era fascinante ser amigo de um historiador, nunca faltavam histórias interessantes e fantásticas para serem ouvidas. Era provável que aquela fosse a característica, no anão, que mais atraía o gigante.

– Muitos antigos acreditam que Moudrost, a Sabedoria criadora de todas as coisas, mantivesse comunicação com suas criaturas descendo do céu, exatamente na região sobre as pirâmides, que foram construídas pelos anjos. Sempre no solstício de verão, ele descia. Os antigos chamavam tal região de Jardim do Terceiro Céu e contavam que só se podia entrar lá por meio de uma profunda magia. Isso aconteceu muito antes da condenação dos anjos.

– Eu pensei que eles não existissem mais.

O anão manteve-se imóvel, com o olhar vítreo fixado no céu.

– É possível que não existam realmente. Não mais aqui, meu amigo, Arnie. O tempo deles se esgotou em Enigma. Após a grande rebelião, surgiram os Deuses Antigos, todos sendo frutos da traição. Acreditamos que eles tenham partido para um lugar distante. Mas tudo não passa de especulação. Existem pessoas em Enigma que dizem ter se encontrado com anjos. Cada um só é capaz de acreditar naquilo que pode suportar.

Fascinado com todas aquelas informações e conhecimento, o gigante se perguntava quantas outras infindáveis maravilhas poderiam o céu e a terra ocultar. Ele desejava ter somente um pouco do conhecimento dos anões para poder interpretar o movimento das estrelas, da lua e do sol, e sabia também que eles eram capazes de ouvir a voz do vento.

Intrigado, Le Goff questionava mentalmente as palavras de seu irmão ao gigante: "Por que Vestigo pronunciara o nome daquela brilhante estrela antes de morrer? Ele tentou transmitir algo que só ele sabia, algo muito importante relacionado ao Pergaminho do Mar Morto, para a posteridade... só pode ser isso. O que ele descobriu em Ignor? Por que lá?".

Após um minuto de silêncio, o que fez com que Le Goff pensasse que seu amigo já tivesse dormido, o anão falou:

– Você daria um excelente historiador, Arnie. Qualquer pessoa poderia ter encontrado e enterrado Vestigo, mas somente um verdadeiro contador de histórias conseguiria passar tanta emoção ao narrar todos aqueles fatos.

O gigante corou, sem se mover.

Arnie manteve-se acordado por quase uma hora, pensando no elogio que acabara de receber. Um elogio verdadeiro, autêntico, sem máscaras ou ressalvas, sem interesse. O albino não era mais o mesmo anão ardiloso e aproveitador que iniciara aquela aventura na entrada juncosa da Terra dos Gigantes. Arnie refletiu sobre tal mudança: "Não é isso que verdadeiras amizades produzem? Transformação?", e então dormiu, de fato.

O tranquilo sono que tiveram passou em um piscar de olhos. Não houve sonhos, nada de pesadelos, apenas descanso e restauração. Então, os primeiros raios de sol transformaram o horizonte leste em um quadro resplandecente de tonalidades rubro-amareladas. Aos poucos, à medida que as estrelas desvaneciam, sombras longas e delgadas espichavam-se para o oeste, celebrando um novo dia.

Ainda restavam alimentos embrulhados na sacola que Arnie obtivera na taverna em Darin. O gigante e o anão fizeram o desjejum e, com disposição, puseram-se a seguir novamente o curso do Quisom.

O dia estava ótimo. Não havia nada melhor do que o verão nas montanhas. Nem muito quente nem muito frio, apenas temperado.

– Logo à frente existe uma ponte por onde atravessaremos – avisou o colosso.

Le Goff era todo sorrisos. Contudo, antes que pudesse iniciar uma boa conversa matinal com o amigo que o carregava, eles ouviram gritos vindos da outra margem do rio.

Com sua superaudição, o gigante não teve dúvidas de haver alguém em perigo.

Uma mulher. Eram gritos agudos de quem estava sendo caçado. Agudos e angustiantes como somente uma mulher poderia dar num estado de fuga. E Arnie não teve dúvidas de que se tratava de uma fada, pois não era uma voz feminina rouca como a de uma giganta, mas suave e melodiosa, como somente uma fada poderia ter.

Olhando para oeste, eles avistaram uma figura feminina reluzente, de pele negra e longos cabelos cacheados, vestida com tons verdes. Era uma sacerdotisa. Poderosa, pois montava um unicórnio.

Quatro arqueiros cavalgavam sobre corcéis velozes com pelos lisos e escuros no encalço da mulher. Usavam túnicas com capuz sobre a cabeça, eram assustadores.

O gigante, com sua visão aguçada, enxergou o desenho do crânio de uma caveira nas roupas dos perseguidores. Sem dúvida, eram espiões de Ignor.

– Precisamos ajudá-la! – anunciou Arnie.

Os desejos egoístas de Le Goff tentaram liderar seus pensamentos, dizendo para o gigante que aquilo não era da conta deles. Porém, a lembrança de Vestigo morrendo no penhasco falou mais alto na batalha de suas emoções. Talvez seu irmão tivesse pedido ajuda a alguém, bem antes de encontrar-se com o gigante, não a tendo recebido. O anão albino colocou-se no lugar daquela mulher perseguida e decidiu, por fim, que tinham que fazer alguma coisa por ela.

As passadas do gigante ficaram mais velozes, de maneira fora do normal. Abruptamente, ele segurou com as mãos o anão sobre os ombros, para que ele não caísse, e logo alcançaram a ponte.

Colocando Le Goff no chão, Arnie orientou o pequeno para que não atravessasse para o outro lado. A fada cavalgava na direção deles. Certamente ela pretendia cruzar a construção de pedra, em arco, que ligava as duas margens.

Ela avistou o gigante e, mesmo com sangue escorrendo dos lábios e um olhar de desespero, a fada conseguiu desabrochar um sorriso. Os gigantes eram seres bons e, sobretudo, amigos das fadas, ela sabia muito bem. E, por isso, Arnie identificou com tanta facilidade o grito de socorro dela.

Após tantos anos de inimizade com os anões alados, seus antigos conselheiros, os gigantes aproximaram-se daquela raça encantada de mulheres fantásticas, isso depois de terem firmado um relacionamento fracassado com gnomos sombrios. Sendo assim, para toda fada em Enigma, naqueles dias, um gigante significava nada menos que proteção.

Antes que o unicórnio conseguisse atravessar a ponte, uma flecha raspou a perna da fada. Ela caiu, agarrando-se ao corrimão de pedra acima do segundo arco ogival de sustentação da estrutura de travessia, enquanto sua montaria seguia veloz para o outro lado.

Como um pai protetor que ergue sua filha, Arnie a puxou, ordenando que corresse para o outro lado, na direção para onde tinha cavalgado o unicórnio.

O gigante percebeu que projéteis eram lançados para feri-lo, mas nenhum o acertou. Ele já sabia que eram espiões da Terra de Ignor. Ouvira, incrédulo, no mercado da cidade de Darin, que aqueles inimigos do reino estavam caçando fadas nos últimos meses. As forças do mal começavam a se mover traiçoeiras contra o domínio da rainha Owl em Enigma. Naquele momento, o gigante testemunhava fatos plausíveis.

Embrutecido e cheio de poder, após um lampejo de meditação, Arnie desferiu socos, ao mesmo tempo, com as duas mãos contra o tabuleiro da ponte. Subitamente, a estrutura ruiu naquele local. Então, o gigante deslocou-se para trás e repetiu o golpe até que mais da metade da construção estivesse nas águas, sendo levada pelo Quisom.

A fada e seu unicórnio estavam salvos na margem leste do rio. Mas, para seu espanto, Arnie percebeu que o anão o desobedecera e atravessara para a outra margem. E agora estava junto dele.

– O que você está fazendo deste lado, Le?

Não houve tempo para resposta.

O gigante correu na direção dos inimigos, pois precisava derrubar dois arqueiros que chegavam com suas armas preparadas. Sem imprimir muita força nos punhos, lançou-os a metros de distância, na direção de uma concentração de pinheiros a oeste, no descampado.

Amedrontados com a força do gigante, os outros dois arqueiros refrearam seus cavalos. Mas, antes que pudessem sacar o arco, foram alcançados pelo furioso colosso, que os segurou no ar – um em cada uma das mãos.

Entusiasmado, Le Goff saltou alegre pelo poder físico manifestado por seu amigo. Ao lado de Arnie, tudo parecia estar protegido e seguro.

Na outra margem do rio, a fada retornara até a borda da ponte que não fora destruída. O buraco aberto entre os dois lados era grande demais. Até mesmo um cavalo treinado cairia nas águas, se tentasse saltar. Havia confusão no rosto da sacerdotisa. Assim como os espiões de Ignor, ela também identificara algo sobrenatural: a força e a agilidade do gigante. Entretanto, sua maior preocupação veio ao avistar os dois arqueiros lançados na entrada da floresta de pinheiros. Eles retornavam sem serem vistos pelo gigante ou pelo anão.

Ainda com dois de seus inimigos suspensos pelas fortes mãos, Arnie sentiu algo estourar em suas costas. Não doeu, não o feriu, sequer fez um arranhão. No entanto, um cheiro insuportável chegou até suas narinas. Um cheiro ruim, desagradável, entorpecente. O cheiro causou-lhe náusea e começou a afetar seus sentidos: sua visão começou a escurecer e ele perdeu a consciência rapidamente.

O corpo maciço e musculoso do gigante tombou, com aquele cheiro penetrando-lhe as narinas.

Os risos e festejos de Le Goff cessaram de súbito, como um céu azul que se turva repentinamente, dando lugar a nuvens de tempestade sem aviso.

Um desespero incontido manifestou-se em seus modos, mas ele não teve tempo de correr. Ele foi preso pelos espiões que antes perseguiam a fada.

O anão agora se encontrava com as mãos e pernas amarradas, estrebuchando freneticamente no chão como um peixe fora d'água.

De longe, e com pesar, a fada afastou-se dos destroços da ponte, como que garantindo vantagem caso seus perseguidores ousassem saltar para o lado onde ela se encontrava. Seus olhos expressavam lamento. Sangue escorria de sua perna ferida.

Assim como o anão, o gigante foi amarrado. Um pano embebido no mesmo líquido volátil e anestesiante que o fez desmaiar foi colocado próximo de suas narinas peludas para garantir que ele não acordasse. Ainda que possuísse aqueles braceletes de extravagante poder, nada poderia ser feito para livrá-lo naquele momento. O gigante estava inconsciente.

Os arqueiros conversavam entre si.

Le Goff sabia que eles questionavam a força descomunal exibida por Arnie durante o salvamento da sacerdotisa. Talvez o gigante valesse mais do que a fada para eles.

Ela estava do outro lado do rio, longe o suficiente para conseguir escapar ao mínimo movimento ameaçador que eles promovessem. O gigante permanecia desacordado, e o anão apesar de lúcido ali, caído e preso ao lado de seu amigo, não tinha nada de especial para oferecer àqueles violentos arqueiros em troca de sua liberdade, e certamente de sua vida. Nada que pudesse, ao menos, atrasar sua execução sumária.

O tempo derradeiro trouxe-lhe à mente apenas suas extravagâncias e decepções no decorrer daqueles últimos dias: escapar da fúria dos gigantes duas vezes desde que adentrara aquelas possessões, para no final ser morto por espiões da Terra de Ignor.

O LICTOR

Um dos espiões sacou uma flecha de sua aljava e se armou com a mão esquerda, empunhando o arco com a mão direita. Com sua visada igualmente canhota, ele mirou o anão. A arama elástica de madeira rangeu e a corda presa a suas extremidades se retesou.

– Esperem! – gritou Le Goff, embargado de desespero e terror. Sua vida estava por um triz. – Vocês viram o que esse gigante fez com aquela ponte?

Um instante de silêncio adiou o trágico destino do anão.

– Ele guarda um segredo, não percebem? Ele possui um poder descomunal. E eu sei de onde ele tira tanta força!

Os outros três arqueiros espiões voltaram a cabeça interessados no que acabavam de ouvir do albino. Um deles resmungou algo para os demais.

Uma agonia velada fez tremer os lábios do anão. Ele pensou bem, escolhendo suas palavras. O que estivesse disposto a fazer a partir daquele momento determinaria sua salvação ou aceleraria sua desgraça.

De esguelha, viu a fada do outro lado do rio. Ela não podia fazer nada por eles. Não enquanto estivessem presos, cercados a pouca distância por inimigos. O anão notou o horror em suas feições e o sentimento de remorso por ter deixado aqueles inocentes se envolverem na perseguição que ela sofria.

– Vocês estão vendo esses braceletes? – perguntou o anão, indicando com um movimento de cabeça.

Uma corda fora trançada ao redor de todo o corpo de Le Goff, amarrando--o. Ele permanecia deitado no solo feito uma minhoca gigante.

– Esses braceletes são mágicos e capazes de dar poder imensurável a quem os possuir.

O arqueiro mais próximo ao anão, e preparado para o disparo, tirou seu olho da alça de mira, olhando para o gigante inconsciente. Os outros três, após um curto momento de dúvida, correram até os braços de Arnie e afrouxaram as cordas que aprisionavam suas mãos.

– Ei! Antes, vocês precisam me prometer a liberdade… estão me ouvindo? Eu revelei o segredo do gigante, preciso receber algo em troca – continuou gritando Le Goff, com um humor disfarçado e um sorriso sarcástico falseado por um enigmático olhar traiçoeiro.

Para salvar sua própria vida, o albino havia regressado às raízes de seu comportamento malicioso e iniciado uma tentativa de negociação com seus algozes. Sua vida em troca do segredo de Arnie.

Fosse como fosse, três coisas ficavam certas para ele. Duas evidentes, a terceira garantida apenas pelo seu conhecimento sobre a história dos Objetos de Poder.

Em primeiro lugar, Le Goff sabia que, mesmo entregando o segredo da força do gigante para seus inimigos, aquilo não passava perto de ser uma garantia de sobrevivência. Eles poderiam executá-lo impiedosamente de qualquer maneira. Segundo, a lealdade a seu amigo gigante não estava sendo quebrada. A única chance de salvá-los seria revelar a fonte do poder do colosso.

Por fim, o anão sabia, de estudos profundos que fizera sobre os Objetos de Poder, que, assim como o conhecimento e a sabedoria, nenhum daqueles objetos poderia ser arrancado de seu legítimo possuidor. A magia do saber contida naqueles tipos de artefatos só poderia ser compartilhada. Tentar obtê-la à força libertaria uma maldição hedionda sobre a vida dos desobedientes ou desavisados. Ele precisava fazer aqueles arqueiros impiedosos roubar os braceletes dos punhos de Arnie, pois de alguma forma seriam destruídos.

– Libertem-me, primeiro! – gritou Le Goff, fazendo-se cada vez mais convincente de que os braceletes ocultavam o poder declarado por ele. – Como saberei que manterão sua palavra? Ei, estão me ouvindo? Libertem-me, primeiro. Eu exijo. Eu lhes contei o segredo do poder do gigante. Vamos, rapazes!

Avidamente, os espiões de Ignor forçaram a abotoadura metálica dos braceletes. Dois espiões atuando em cada braço do gigante adormecido.

Sem saber ao certo o que aconteceria, o anão impulsionou seu corpo e rolou na direção da margem do rio. Soltando gritos de dor devido ao choque de sua cabeça com pedras que embarreiravam aquele imprevisto caminho descendente.

Com as mãos presas pela corda, atrás de seu corpo, Le Goff começou a friccionar os fios que a compunham, a fim de se libertar das amarras.

Abrindo um sorriso descarado e mau, os arqueiros festejaram os objetos que agora estavam em suas mãos. Encontraram as insígnias da realeza de Enigma neles, o desenho da coruja, e não tiveram dúvidas de que aqueles braceletes continham poder, pois começaram a brilhar de maneira sobrenatural, resplandecendo sob os raios de sol daquela manhã de verão.

De repente, os espiões que seguravam os braceletes emitiram um ganido e tiveram suas mãos levemente queimadas, o que os fez soltarem no chão.

Le Goff celebrou triunfantemente. As histórias que aprendera sobre os Objetos de Poder estavam corretas. Quando roubados, arrancados ou retirados de qualquer forma indevida de seus possuidores, os Objetos de Poder libertavam um Lictor. Uma criatura poderosa criada para assegurar que o objeto não caísse nas mãos de um ser ilegítimo ou de coração impuro.

Ofegantes, os infratores vindos de Ignor escancararam olhares de horror e abominação, possuídos por um medo indizível e de excitação repentina. Paralisados, assistiram ao corpo de Arnie se transformar.

Os membros do gigante esticaram-se formando tentáculos monstruosos e infames. Um quinto órgão, semelhante aos outros quatro que lhe cresceram, desenvolveu-se com a mesma rapidez na região caudal de seu tronco. A pele de Arnie encheu-se de placas escamosas e rígidas como a de um dragão e sua cabeça dividiu-se em duas, dilatadas para os lados como as cabeças de serpentes najas. Cada uma de suas cabeças possuía apenas um olho frontal, mas, quando se uniam, pareciam uma cabeça única com dois olhos, deformada pela presença de duas bocas, em tal conformação. Extremamente sinistro e aterrorizante.

Como os dois pescoços da criatura eram longos, no todo, o monstro parecia possuir sete tentáculos movendo-se ao redor de um enorme corpo central musculoso.

Agitando-se com abjeção, uma cabeça do Lictor de Arnie esguichou veneno na face de um espião de Ignor, e este imediatamente começou a vomitar. Sangue brotava das narinas, olhos, boca e ouvidos do ladrão, que começou a ter convulsões violentas. Sua pele parecia estar sendo queimada de dentro para fora.

Um dos tentáculos do monstro alcançou outro inimigo, dando várias voltas ao redor de seu corpo, à medida que o espremia como se fosse uma pasta de amendoim ou geleia. Dentro de instantes, ele já se encontrava esmagado e em pedaços. Uma cena arrepiante e cruel.

A segunda cabeça do Lictor avistou os outros dois espiões em fuga. Então, movendo-se como serpentes em completa harmonia, os cinco membros tentaculares da criatura rastejaram, carregando aquele corpo oblongo com suas cabeças, eretas e sagazes, à caça dos fugitivos. Os apêndices de locomoção e o corpo da criatura seguiam à frente das cabeças.

Le Goff encontrou um gingado naqueles movimentos que o fez lembrar-se de Arnie. Com insistência, o anão permanecia serrando os fios da corda que o prendia, atritando-os contra o pedaço de rocha pontiaguda que emergia do solo. Concomitantemente, observava a carnificina que acontecia no descampado.

O anão e a fada assistiram com assombro a um terceiro arqueiro ser esmagado pela extremidade de um dos braços do Lictor. Os tentáculos do monstro possuíam ventosas pegajosas e gosmentas em toda sua extensão e, no final, uma boca que se fechava como um punho.

O destino do último desavisado vilão foi o de ser decapitado. A ponta de um dos tentáculos se abriu, chupando sua cabeça com tanta força que acabou arrancando-a do pescoço. Uma cena pavorosa, repugnante e indescritível em toda a sua crueldade. Era a maldição pelo roubo de um Objeto de Poder.

O abominável animal rosnou. Vários guinchos, emitidos pelas duas bocas que possuía, ecoaram em sobreposição. Um feroz olhar foi lançado para os corpos estraçalhados de seus inimigos. Então, a besta retornou até o local onde se encontravam os braceletes, como um cão que retorna da caça e se assenta ao lado de seu dono.

O Objeto de Poder começou a perder o brilho sobrenatural que apresentava. E, na mesma velocidade com que se transformara no monstro, o corpo de Arnie regressou a seu estado normal. Agora estava nu, caído na relva.

A cabeça do gigante moveu-se e seu olho foi se abrindo sonolento. Sem compreender o que sucedera, Arnie avistou os braceletes a seu lado, pegou-os e os recolocou. Fez menção de se levantar, mas não prosseguiu por vergonha, ao ver que estava nu, e uma fada o observava.

– O que aconteceu?

Com um brilho de satisfação e empolgação nos lábios, o anão respondeu ao gigante.

– Os arqueiros tentaram roubar seus braceletes e, então, você se transformou em... em uma estranha e gigantesca criatura e os matou.

Arnie olhou ao redor à procura de vestígios do ocorrido. Seus olhos encontraram pedaços de corpos e vegetação rasteira amassada numa trilha ao longo do descampado. Retornou o olhar para o amigo que então se distanciava, em direção ao Rio Quisom.

Le Goff, que já se encontrava próximo das ruínas da ponte, ergueu-se para conversar com a fada encantada, que permanecia de pé do outro lado.

– Que dupla peculiar de aventureiros. Um gigante e um anão...

A fada pareceu querer dizer a palavra "alado", mas se deteve. Era possível que ela soubesse, de alguma forma, algo sobre a jornada que eles trilhavam.

– Todas as vezes que a calamidade está prestes a se ascender sobre a terra, profecias de paz começam a se cumprir, como um grão de mostarda, minúsculo para despertar qualquer interesse, mas potencialmente poderoso. Pequenas alianças são capazes de gerar grandes feitos, como a vitória do bem contra o mal em Enigma. Isso se chama fé.

A fada falava em mistérios. Le Goff compreendia esse aspecto, embora muito pouco conseguisse discernir do que estava escutando.

– Minha vida foi salva – continuou ela, agradecida. – Peça-me o que desejar e lhe será concedido.

– Preciso pensar a respeito... – respondeu Le Goff.

A fada, contudo, o decepcionou.

– Não é com você que estou falando. Estou me dirigindo ao gigante.

Um silêncio constrangedor se instalou.

A fada repetiu o que havia dito, voltando-se, com satisfação, para o gigante caído.

– Peça-me o que desejar e lhe será concedido. O que você quer?

Já com os braceletes nos punhos e com os ouvidos aguçados, Arnie escutou a sacerdotisa oferecer-lhe uma dádiva de gratidão, então, ele respondeu apressadamente.

– Preciso de roupas novas.

Embasbacado com o que acabara de presenciar, Le Goff levou as mãos à cabeça, tapando os olhos, indignado. Nunca testemunhara alguém alcançar um favor de uma fada sacerdotisa, mas conhecia muito bem, das histórias que ouvira, a maneira mágica de elas retribuírem um favor, à raça que fosse, com um pedido único, incondicional e sobrenatural.

– Não! – gritou o anão lamurioso.

O gigante foi indiferente ao lamento do albino, pois não conseguia sentir um desejo maior a ser realizado naquele momento do que ter roupas para vestir. Ele se sentia sem graça e envergonhado por estar pelado às vistas daquela linda e bondosa criatura. Como sempre, pensou absolutamente com o coração, com seus sentimentos e pudores, não com a razão ou mesmo com ambição.

O corpo do gigante, imediatamente, foi arrancado do chão e envolvido por um cintilante pulsar. Um brilho dourado formou um vórtex ao seu redor, ascendendo em maravilhosa profusão. Uma linda camisa branca de mangas longas o vestiu e um maravilhoso colete marrom se sobrepôs a ela, surgindo do nada. Uma calça de tecido escuro e celestial confortou-o, enquanto um grosso cinto de couro se regulava sozinho à sua cintura. Em seus pés apareceram botas pretas de cano longo e, em suas mãos, luvas sob medida. A nova aparência do gigante exalava honra, seriedade, nobreza e força. Ele fora vestido por magia, como que em um encantamento.

Arnie sorriu e levantou-se satisfeito. A indignação de Le Goff foi sobrepujada pela admiração.

– Uau! – exclamou o colosso, olhando para seus braceletes que, então, serviam-lhe também como abotoaduras. – Obrigado. Como você fez isso?

De um lado do rio, o gigante e o anão olhavam fixos para a fada que, do outro lado, acariciava a crina de seu unicórnio branco com chifre cônico espiralado. Ela era uma fada. Uma fada sacerdotisa do mais alto grau de evolução. A nenhuma outra seria dado o poder de conceder um favor como aquele, principalmente porque poucas possuíam um unicórnio. Não era qualquer fada que conseguia adestrar um.

"... e ele o desperdiça, pedindo roupas novas...", ainda pensava o anão, traído por sua própria ganância. "Eu seria capaz de mentir para obter a oportunidade que ele teve e ele me pede roupas novas."

– Meu nome é Huna. Eu sou uma Monarca. Vocês sabem o que significa isso?

Arnie balançou a cabeça negativamente. Le Goff fez-se de desentendido.

– Juntamente com outras duas Monarcas, eu lidero o povo encantado do Reino de Enigma. Hoje fui salva pelas mãos do gigante.

O anão incomodou-se outra vez ao ouvir aquilo.

– Nossos trajes nos caracterizam. São o primeiro contato visual que o mundo tem conosco. Tudo o que cobre nosso corpo não o faz sem algum sentido. Tudo o que você colocar sobre ele fala sobre você, sem que precise abrir a boca. Seu pedido foi um sábio desejo – explicou Huna.

Ela tinha enormes olhos verdes e uma pele negra como a densa noite. Seu manto verde esvoaçava com a brisa morna que soprava no monte, naquela manhã. Seu cabelo negro encaracolado, riscado por inúmeros fios de cor laranja, também adejava, preso apenas por uma tiara de prata. O sangue em seus lábios e na perna secara, mas ainda evidenciava a luta na qual se envolvera.

Arnie e Le Goff investigaram a beleza das roupas da fada e compreenderam o que ela dizia.

– Por causa de sua ousadia e coragem – disse Huna, voltando-se para o colosso –, a partir de hoje jamais servirá de escárnio onde quer que você vá. O respeito irá adiante de você, por causa da sua bondade, e a honra o seguirá, por causa de sua sinceridade. Não será conhecido apenas por sua força, destreza e velocidade. Eis que coloco sobre sua cabeça um manto de sabedoria incomum para aprender coisas novas e também para ensinar. Continuará sendo simples como uma pomba, porque essa é a sua índole. Passará, porém, a ser esperto como uma serpente. Capaz de absorver, com facilidade, todos os tipos de saberes.

A dádiva de Huna arrepiou os cabelos da nuca de Le Goff. Como ela poderia saber tanto sobre seu amigo? De fato, ela era um ser especial.

Arnie ainda não compreendera o presente recebido, mas achou tudo muito bonito e aquelas palavras dirigidas a ele pareceram-lhe sobrenaturalmente encantadoras e gentis. Pensou que deveria dizer "muito obrigado", mas manteve-se calado, ainda maravilhado.

– Cuidem-se bem – disse, por fim, a fada, virando-se para montar seu unicórnio.

– Ei!

A voz trêmula do anão tentou impedir a partida da mulher.

– Vo-você não e-está se ee-squecendo de n-nada? – perguntou o albino, com atrevimento e nervosismo, denunciado pela gagueira.

A interrupção de Le Goff dispensava explicações.

– E eu? O que eu ganho? – sua pergunta, dita de maneira precipitada, soava com uma esperteza maliciosa. Assim que percebeu a arrogância, tratou de se justificar. – Veja! Fomos salvos pelo gigante, mas eu tive participação nesse salvamento. Não me entenda mal, eu não queria contar sobre os braceletes. Isso era um segredo só nosso – disse, apontando seguidas vezes com o indicador para si e para o colosso a seu lado. – Eu e ele somos amigos, sabia? De verdade, eu quero dizer. E era a única chance que tínhamos para impedir nossa morte. Não! Perdoe-me. Eu não quero dizer que não seríamos capazes de nos sacrificar por você. Afinal, você é uma Monarca e nós apenas um anão e um gigante aventureiros. Uma dupla curiosa. Mas...

– O gigante me salvou – enfatizou Huna, interrompendo e deixando Le Goff confuso.

– Eu sei, mas, veja bem...

– E você salvou o gigante – completou ela, serena.

Entristecido por perceber que não conseguiria arrancar da fada a realização de um desejo, o anão se calou.

– Revele para ele o segredo dos anões alados e terá uma chance de que seu desejo seja realizado.

As palavras da fada provocaram diversas reações no anão surpresa, medo, satisfação e esperança. Primeiro, porque ela parecia não ter dúvidas de que ele era um alado. Segundo, porque ela colocara uma condição para que ele tivesse um desejo íntimo realizado. Com aquelas palavras, ele poderia crer na possibilidade de alcançar um grande favor em sua jornada e esse favor era decifrar o enigma oculto nas estrelas: Betelgeuse.

Por outro lado, contar a um ser de outra raça o segredo dos anões alados poderia significar traição do mais alto grau a seu povo. Não que ele não houvesse pensado nisso antes, exatamente quando conversou com o gigante na noite anterior, antes de pegarem no sono. Le Goff desejou um dia contar-lhe o segredo que, uma vez difundido, era algo considerado alta traição para com seu povo.

"Mas, para um anão alado que enganou o próprio pai, deixou sua tribo e fugiu na calada da noite para perseguir um sonho, contar o segredo seria apenas um detalhe agora", pensou.

– Isso é sério?

Um tom de incredulidade fez-se presente na voz de Le Goff.

– Não posso garantir. Mas creio que você deva tentar. O segredo de sua supermemória em troca de um favor – enfatizou a fada.

– O que você quer dizer com "não posso garantir?".

– Uma verdadeira dádiva não pode ser concedida onde houver mentira. E acredito que você não mentiu para os espiões de Ignor, quando falou sobre os braceletes. Apenas não contou sobre a maldição que lhes sobreviria com o roubo. Quando revelou o segredo da força do gigante, você não estava pensando somente em salvar-se. No fundo, acreditava que seu amigo também teria chances de sobreviver – explicou-se a fada. – Porém, as bênçãos não são minhas. Nós, as fadas, somos apenas usadas como canal de uma força muito maior. Somos conhecedoras das Leis Universais e as aplicamos. Por isso, acredito que seu desejo possa se concretizar, embora eu não possa garantir nada, pois isso é entre você e seu amigo.

O anão compreendeu perfeitamente o que Huna dizia. Simplesmente não havia garantias.

– Assim como é impossível para uma maldição sem causa encontrar pouso, um desejo legítimo, mesmo que não pareça possível aos olhos dos mortais, é capaz de se tornar real quando há legalidade a seu favor, justiça em seu âmago. Compartilhe com seu amigo o segredo dos anões alados, mas não espere nada em troca. Isso faz parte da regra: ajudar o próximo sem interesses. Guarde isso. Adeus, valorosos aventureiros.

Montada no unicórnio, Huna cavalgou intrépida até sumir de vista. Le Goff e Arnie estavam maravilhados por terem tido a oportunidade de se encontrarem com uma fada. Uma Monarca.

O SEGREDO REVELADO

Le Goff mostrava-se propenso a contar ao seu amigo o segredo da supermemória que os anões alados possuíam. E Arnie sabia exatamente em troca do que ele faria aquilo: da possibilidade de encontrar o pergaminho, de decifrar os enigmas envolvidos naquele enorme mistério.

O anão retirou de sua bolsa um pincel, molhou a ponta no tinteiro e começou a escrever num pedaço de pano.

– Há muitos anos, Greek Mink Von, um dos primeiros anões de Enigma, teve a ideia de transformar números em palavras. A cada número ele atribuiu uma consoante ou um grupo delas, criando, assim, o alfabeto fonético dos anões. Esse é o nosso maior segredo. Veja como ficou.

Le Goff mostrou o esquema escrito para o gigante.

– Isso pode parecer estranho à primeira vista, mas, acredite em mim, amigo, compreender e dominar essa relação desenvolverá sua mente de tal maneira que você conseguirá memorizar coisas que dificilmente outros conseguiriam.

0 = SS, Ç, Z, C (fraco: céu)
1 = T, D
2 = N, NH
3 = M
4 = R
5 = L, LH
6 = J, X, CH, G (fraco: gelo)
7 = K, Q, C (forte: casal), G (forte: galo)
8 = F, V
9 = P, B

– Parece simples demais para ser um segredo tão grande.

– Ao que tudo indica, a grandeza sempre se esconde na simplicidade. Você consegue guardar a relação que os números mantêm com as consoantes, Arnie?

– Talvez – respondeu o gigante, não querendo parecer idiota.

– Comece fazendo algum tipo de associação. Se quiser ter uma memória igual à minha, terá que se acostumar a fazer associações, Arnie. Lembre-se disso.

O anão avaliou o semblante de seu amigo e decidiu ajudá-lo:

– Veja como as letras t e d possuem um traço vertical semelhante ao número 1. No alfabeto fonético dos anões, o número 1 é representado por essas consoantes. Duas pernas tem a letra n; portanto, 2 é o número referente a essa letra, assim como o 3 está para a letra m. Na palavra quatRo, imagine um "R" gigante. É dessa forma que números e letras se relacionam. Só para você conseguir se lembrar. O número 9 invertido de formas variadas se parece com a letra p ou b.

– Acho que consigo fazer isso, Le.

– Greek Mink Von acabou criando um meio de transformar informações abstratas, tais como os números, em palavras, com base nas consoantes. Você já sabe que o número 2 equivale à letra n. Logo, a palavra "anão" pode ser uma imagem mental para esse número. Toda vez que você se lembrar de mim, o número 2 lhe virá à mente. Vamos combinar assim?

O gigante assentiu.

– Em sua mente, o número 4 referente à consoante "R" pode ser associado à palavra "rei" ou, quem sabe, a "rio". Veja que as vogais não possuem correspondência numérica. Então, você escolhe a palavra que lhe for mais fácil para montar a associação. E assim por diante. Olhe as palavras que nós, anões, costumamos usar para os números de 0 a 9. O anão escreveu.

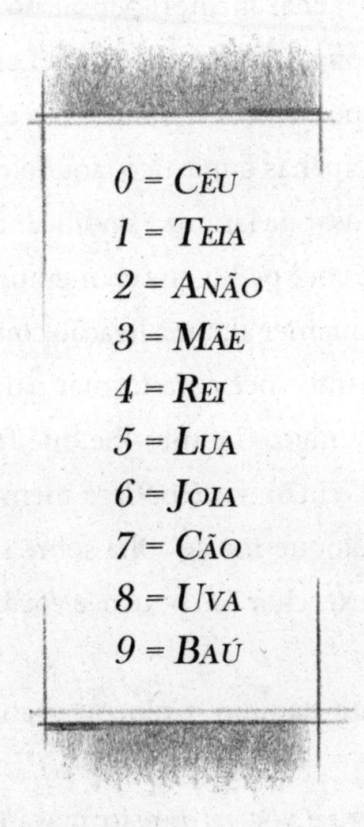

– Vamos, Arnie, você consegue guardar essa correspondência. Olhe para mim. Vamos treinar.

Naquele momento, Le Goff parecia um dedicado professor.

– Que imagem mental você poderia criar para memorizar o número 5.426?

– Deixe-me ver… – Arnie parecia não estar certo sobre o que responder, mas criou coragem e foi montando sua associação em voz alta. – O número 5 representa a letra L de leão, o 4 representa o R de rei, o 2 é um N de anão e o 6, J de joia. Então, eu posso imaginar: um leão avançando na direção do rei, que é salvo por um anão. E o anão ganha daquele uma joia. Leão, rei, anão e joia. 5.426.

– Excelente, Arnie. Um leão, um rei, um anão e uma joia: 5.426. Essa apenas é uma possibilidade, mas você já parou pra pensar que poderia ter formado uma única palavra com as consoantes L, R, N e J? Que tal visualizar uma laranja? Ou, se achar melhor, pensar no gosto cítrico dela?

Arnie estava impressionado com a velocidade com que o anão conseguia pensar nas letras correspondentes aos números e, a partir delas, formar inúmeras palavras. Não apenas fantástico, aquilo era mágico.

– Sim. E mais fácil pensar na laranja e codificar as consoantes dessa palavra para o número que você pediu que eu memorizasse. Jamais pensaria que uma laranja poderia manter alguma ligação com o número 5.426. Mas, Le, não sou tão veloz quanto você para formar palavras.

– Só no início, meu amigo. Garanto-lhe que ficará cada vez mais fácil fazer as associações e, então, você poderá memorizar a quantidade de números que desejar. Coloque-me de volta sobre seus ombros. Enquanto caminhamos, podemos exercitar um pouco, e você verá como essa técnica faz a diferença.

Arnie estava gostando daquilo. Colocou o anão sobre os ombros e prosseguiram.

– Eu direi uma palavra e você a transformará no número correspondente, pode ser?

– Sim. Parece legal.

O anão não deixou o gigante respirar.

– Gato.

– 71 – respondeu Arnie, procurando os números escritos no pedaço de pano que o anão lhe entregara.

– Bolsa.

– 950.

– Viu como é fácil? Agora pare de olhar para o que escrevi. Você precisa forçar sua mente a guardar as associações. Elas são o que há de mais importante, Arnie. Lembre-se disso. – O anão não vacilou, ele era um excelente educador. – Diga-me: a palavra "montanhas" corresponde a qual número?

Arnie levou um tempo para responder, mas conseguiu acertar a resposta.

– 32.120.

– Isso! Grandioso. Maravilhoso. Viu como é fácil? Você já pode contar parte da história de Bestigui Bin, o grande rei dos anões alados. Ele tinha um gato, que guardava dentro de uma bolsa todas as vezes que viajava para as montanhas.

O gigante desconfiou de que aquilo não fosse verdade. Anões alados odiavam gatos. Gatos gostam de comer pássaros e, de certa forma, aquela raça de anões é bastante parecida com os pequenos voadores.

– Pensei que vocês não se davam bem com...

– Bestigui não tinha gatos, é claro. Isso é um absurdo óbvio para nós anões. Por isso funciona. Quanto mais ilógica, quanto mais absurda a imagem mental que você conseguir produzir com as associações, mais fáceis de serem guardadas. – Então, Le Goff explicou – Bestigui Bin nasceu no ano 71, morreu com 950 anos e povoou as terras do sul de Enigma, no Mar Morto, conquistando para nossa raça um pedaço imenso de terra que cobre uma área de 32.120 km^2 naquelas paragens.

Surpreso, Arnie compreendeu finalmente como os anões alados faziam para guardar tantas informações e dados históricos e geográficos.

– Isso é realmente maravilhoso, Le. Muito obrigado, por compartilhar esse segredo comigo. Estou muito feliz. Eu desejo contar a história dos gigantes da maneira impressionante como você o faz. Com grandes e significativos detalhes.

Enquanto caminhavam, Le Goff também aproveitou para explicar como fizera para memorizar tão rápido os elementos químicos da tabela das fadas na entrada da Terra dos Gigantes. Tempo não faltou aos dois até chegarem ao pé da última elevação, e o assunto evoluiu cada vez mais, enquanto prosseguiam na jornada no alto da cadeia de montanhas.

Arnie sentia-se fascinado com a viagem e o aprendizado.

O anão albino notou a sinceridade comovida de seu amigo. Também percebeu, com o silêncio que se instaurou entre eles na seguinte hora de viagem, que Arnie caminhava movendo os lábios como se estivesse memorizando o alfabeto fonético ou criando associações a partir dele.

Mesmo sendo tão jovem, Le Goff gostava muito de ensinar seus irmãos, fosse a história de Enigma, a história das fadas ou dos homens grandes, fosse a geografia do Vale Roncador ou das Terras Estéreis. Mas ensinar o alfabeto fonético para alguém era a primeira vez! Por isso, ficou em êxtase. A satisfação o fez esquecer que pedira um favor a Huna, a fada sacerdotisa. Em seu coração, ele revelara espontaneamente o segredo. Pela primeira vez em sua vida, ele não fora interesseiro em suas ações. Apenas começara a curtir de verdade sua jornada.

Ao meio-dia, eles pararam para comer.

Ainda restava um pedaço de torta no embrulho que estava no bolso do gigante, mas eles preferiram se alimentar com o suco nutritivo de algumas raízes e com a polpa das frutas das árvores, cada vez mais escassas naquela região.

À tarde, Le Goff mostrava-se impressionado com o desempenho de seu aluno. Arnie brincava de converter palavras em números e números em palavras com uma facilidade espetacular. Então, o anão lembrou-se das novas vestes que seu amigo recebera por ter salvado a vida da fada. Uma paz transbordou seu coração. Arnie merecia aquilo, sabedoria revelada, em dupla porção.

Ele não sabia como fariam para encontrar o pergaminho quando chegassem ao cemitério, mas estava seguro de que o encontrariam. Compartilhar conhecimento com alguém que não era de sua raça provocava-lhe um sentimento de genuíno altruísmo. Era a prova máxima de que conseguia combater o egoísmo e a falsidade que, por tantos anos, prejudicara sua convivência com seus irmãos anões.

O albino estava cada vez mais convicto de que não precisava mentir para ser admirado, respeitado, amado ou, até mesmo, para alcançar um favor.

– Lá está o Cemitério Esquecido dos Anões Alados – apontou o gigante.

Os olhos de Le Goff brilharam com vivacidade.

Uma encosta íngreme, a última naquela montanha, erigia-se imponente e sombria, a pouca distância à frente.

Por certo, ao avistá-la, o anão concluiu a dificuldade que ele teria tido ao tentar escalar aquele monumento natural sozinho. Gastaria nisso mais um dia.

Para chegar ali, tiveram que dar uma volta enorme, seguindo o curso do Rio Quisom, pois estavam evitando o encontro com os gigantes da terra. Havia um caminho bem mais curto, que não foi seguido. Contudo, mesmo que tivessem pegado o atalho, somente aquela majestosa e notável subida já seria suficiente para consumir as forças do anão.

A expressão vigorosa de Le Goff, entretanto, acabrunhou-se nao pelo obstáculo visto, mas pela frase proferida pelo gigante caolho.

– Vamos descansar um pouco na base da escarpa.

Arnie não estava perguntando. O tom decidido de voz acabou de vez com qualquer dúvida que o anão tivesse sobre a mudança pela qual passara seu amigo após o encontro com Huna.

"Algumas pessoas são capazes de mudar o curso de nossas vidas. Algumas para o bem, outras para o mal." Quando pensou nisso, Le Goff estava meditando sobre o encontro de Arnie com a fada. Em seguida, refletiu sobre o encontro dele próprio com seu amigo colosso: "Algumas mudanças demoram para acontecer, é necessário paciência".

Com lábios cheios de gratidão, o anão respondeu:

– Você é quem manda, meu nobre. Descansaremos um pouco, antes de subir.

Então, após o último trecho de caminhada, sentaram-se na beirada do platô e puseram-se a contemplar a deslumbrante paisagem que se descortinava. Dentro de pouco tempo escureceria. Mais um dia da viagem.

Olhavam para o Oriente, na direção de Ignor, uma terra praticamente desconhecida, habitada por criaturas bizarras e espantosamente maléficas. Embora aquela vastidão sombria metesse medo no anão e no gigante, a tapeçaria formada pelos vales e planícies suscitava um encanto descomunal de voluptuosa maravilha.

Uma paz apoderou-se deles. Dentro de pouco tempo estariam frente a frente com o maior enigma de suas vidas, no Cemitério Esquecido dos Anões Alados.

ESTÁTUAS E MAUSOLÉUS

– Nossos povos não deveriam ser inimigos. Moramos no mesmo reino, obedecemos ao mesmo Estatuto Régio, nossos exércitos estão sob a mesma liderança, a da rainha Owl – disse Le Goff, levantando-se.

– Eu nunca me importei com os problemas relacionados aos anões e gigantes.

– Mas deveria, Arnie. Não quero ser ofensivo, mas virar seu rosto para não enxergar um problema não faz com que ele desapareça.

– Tudo aconteceu porque Karin, o sábio, um anão alado, traiu a confiança e a amizade de Bene Véri, o rei dos gigantes, não foi?

– Bene Véri tinha lindas filhas. Uma delas, Ischa, nasceu anã, diferente das outras duas e de todo o povo gigante. Karin a assassinou covardemente durante um passeio. Eles se encontravam na Floresta Transparente, quando os propósitos malignos no coração do anão foram revelados. Não houve tempo suficiente para salvar a vida de Ischa. Um erro cruel cometido por um de meus irmãos. Ele matou a filha anã do gigante para poder roubar-lhe os braceletes. Eles foram fabricados por Bene Véri para dar a ela a força dos gigantes, com a qual ela não nascera. Karin, até então considerado um sábio conselheiro do rei, cobiçava esses braceletes – lamentou-se Le Goff, apontando para os punhos de Arnie.

– Estamos sendo obrigados a pagar pelo erro que outras pessoas cometeram. Há muito tempo.

– Talvez não seja um pagamento, mas uma colheita. Querendo ou não, estamos ligados àquelas pessoas, somos frutos delas.

Arnie meditou rapidamente sobre as palavras do anão. Depois, colocou-o sobre os ombros e começou a escalar em direção ao topo da montanha.

Para o gigante foi apenas uma subida prazerosa que lhe exigiu um pouco de esforço. Para o anão teria sido um trajeto penoso, que levaria horas, caso ele não estivesse montado nas costas do colosso.

O topo, ponto mais alto da cadeia de montanhas que formavam a Terra dos Gigantes, era uma superfície plana e consideravelmente espaçosa. Os muros do Cemitério Esquecido dos Anões Alados erigiam-se paralelos à borda do platô, havendo considerável espaço entre eles e a abrupta descida escarpada.

Le Goff sentia-se maravilhado com o que seus olhos contemplavam. Ele sabia que, com exceção do gigante que costumava se isolar naquele local ermo e elevado, ninguém mais o visitara há décadas. Talvez séculos.

Um dos lados do portão de entrada estava caído. O batente, porém, permanecia rigidamente estabelecido, como se os anos não o houvessem afetado. As asas abertas para as laterais, desenhadas no metal de seu arco, identificavam o povo que outrora fora dono daquele lugar desolado e melancólico. Algumas poucas edificações marcavam pontos específicos em seu interior.

Sobre os ombros do gigante, Le Goff percebeu que o perímetro do cemitério formava uma figura quadrangular. Marcando seus vértices, quatro mausoléus erguiam-se com imponência, sendo que um deles se destacava pelo seu tamanho e beleza superiores. Eles não eram sepulcros de anões, assemelhavam-se mais a obras de gigantes. Estava patente aos olhos do anão albino.

As quatro estruturas que delineavam a necrópole brilhavam intensamente ao luar, juntamente com outras menores, aparentemente estatuárias situadas no centro da área demarcada. Eram as únicas construções elevadas do cemitério.

– As tumbas delimitam os pontos extremos do cemitério e aquelas estátuas, seu centro. Veja, foram construídas com pedra sarcon, Arnie. Você sabe o que é isso?

O gigante fez que não com a cabeça.

– É sabido que a luz branca é formada pela união de todas as cores, as fadas estudaram muito bem esse efeito, Arnie. Algumas rochas refletem parte dessa miríade, por isso adquirem uma cor específica ao luar: vermelha, violeta ou amarela. As impurezas presentes em sua constituição é que provocam tal emissão. De forma paradoxal, as rochas sarcon, mesmo não possuindo praticamente nenhuma impureza, são totalmente reflexivas. Elas se tornam uma efetiva fonte de luz e meu povo sempre as usou para marcar caminhos na superfície do reino, auxiliando nosso voo, como guias aqui embaixo na terra – explicou o anão. – Mas estas não foram postas aqui por anões. São enormes. Acredito que seus parentes estiveram neste lugar após a expulsão dos voadores, meu amigo, e fixaram tais ornamentos gigantes no cemitério.

– Estive aqui tantas vezes e não pensei nisso. Mas por que fariam tal coisa?

– Não sei. Alguma forma de protesto pela inimizade criada? Uma mensagem de que agora possuíam o que antes pertencera aos anões alados? Lembre-se, decidiram enterrar Ischa aqui.

Arnie fez que compreendeu, aceitando as suposições de Le Goff. O gigante já tinha percebido o brilho especial daqueles sete pontos do cemitério, desde sua primeira visita, e ficara encantado com o efeito da luz da lua sobre cada um deles através da escuridão que os envolvia. Contudo, não se dera conta de que fossem tumbas e estátuas de gigantes.

Os quatro mausoléus e as três estátuas centrais brilhavam intensamente.

– Fantástico! – sussurrou o anão, pedindo para que seu amigo o pusesse no chão.

Adentraram o cemitério com uma resolução respeitosa.

Os espaços abertos entre os túmulos, retangulares e pequenos, estendidos em várias direções, formavam um verdadeiro labirinto para Le Goff. Os gigantescos marcos luminosos fizeram-no admitir que eram práticos para o caminhar de seres pequenos como ele, pois serviam como limites para um percurso.

Curioso, ele seguiu rumo às estátuas no centro da propriedade. O vento frio açoitava-os, começando a se tornar perigoso e cruel. O céu estava pontilhado pelos astros, uma verdadeira obra de arte natural. Um som estranho podia ser ouvido de forma sutil e ininterrupta.

– Você está escutando, Arnie?

– É o vento.

Le Goff não tinha dúvidas de que a melodia fraca e adorável era provocada pelo vento. Mas referia-se ao modo como era formada. Então, ao se aproximar das estátuas, percebeu que era através delas que o som se produzia.

– Matera, Ischa e Leona – disse o anão ao se aproximar das esculturas –, as três filhas do rei Bene Véri.

– Você tem razão, Le. Não faz sentido estátuas de gigantes num cemitério de anões.

– Embora filha de um rei gigante, Ischa era uma anã. Mas suas irmãs, não. É muito estranho realmente. Não sei. As duas raças eram muito amigas no passado, seria um tributo póstumo? Algum tipo de atrevimento ou arrependimento por parte de seu povo, Arnie?

– Precisamos considerar todas as possibilidades.

– Continuo a crer que elas foram colocadas aqui após o conflito entre nossa gente. Será que saberemos a verdade algum dia? O que aconteceu por aqui?

Investigando com mais acurácia, o anão percebeu que as três estátuas na verdade funcionavam como um aerofone, isto é, como uma flauta tocada pela brisa, pelo vento. Era delas que a melodia provinha.

– Elas devem ser ocas – disse o albino.

De fato, Arnie estivera ali tantas vezes antes, mas naquela noite era como se fosse a primeira vez. Em suas visitas anteriores, ele não atentara para o fato histórico contido na diferença do tamanho das duas estátuas em relação à terceira. Ele havia notado a diferença de altura entre elas, lógico, mas não seus referenciais – mesmo porque não conhecia muito sobre o passado. Agora tudo tinha um novo significado para ele. Não era apenas a companhia de seu amigo anão, mas o conhecimento compartilhado entre eles. Jamais havia se perguntado como aquele doce som se formava, conquanto o tivesse apreciado inúmeras vezes, em seus momentos de isolamento. Agora suspeitava, como Le Goff, de que fosse produzido por aberturas pequenas através das estátuas centrais do cemitério.

– O pergaminho está em algum lugar por aqui, meu amigo.

Arnie não disse nada. Apenas deixou Le Goff prosseguir verbalizando seus pensamentos.

– Perseu, Mergulho Veloz, meu avô, estava convencido de que o Objeto de Poder se encontrava no Mar Morto, por causa das traduções feitas dos antigos anões que ajudaram em sua criação. Os textos diziam que a última jornada de Karin, o primeiro possuidor do pergaminho, tinha sido para o Mar Morto, no sul de nosso reino.

À medida que falava, Le Goff caminhava perscrutando cada canto das esculturas, olhando os túmulos ao redor e também observando os pontos extremos do cemitério, demarcados pelos mausoléus.

Karin teria deixado algum sinal capaz de revelar a localização do Pergaminho do Mar Morto? E se não fosse intenção dele ocultar o artefato?

– Ele estava errado, Arnie – disse o anão, referindo-se ainda ao seu avô. – O texto não se referia ao Mar Morto.

Então, Le Goff começou a contar sua história, enquanto caminhava em busca de pistas sobre o mistério que pairava diante de seus olhos.

– Desde que nasci com o aleijão nas asas, eu me senti rejeitado, mesmo que eu não recebesse nenhum tratamento diferente por isso. Era dessa forma que eu me sentia e nada poderia mudar minha condição. No terceiro ano da escola, quando começamos a estudar história – os primeiros anos são dedicados exclusivamente às técnicas de memorização e às matérias básicas de apoio à geografia e história –, tínhamos um professor superexigente: Farrin Deoux. Havia anos que ninguém conseguia tirar nota máxima em sua disciplina. O teste final abrangia dois volumes inteiros de história geral e história dos povos grandes (homens grandes, gigantes, fadas, aqueônios...), então eu me dispus a decorar os dois livros por inteiro. Palavra por palavra, eu os decorei.

O gigante arregalou seu olho. No decorrer de toda aquela jornada, aprendera a admirar o amigo. Agora estava ainda mais fascinado. "Como um ser tão pequeno poderia manifestar tão grandes qualidades e significativos talentos e virtudes?", pensou.

– Até hoje, eu sou o único que conseguiu tirar nota máxima na prova de Farrin Deoux – completou o anão com orgulho e vaidade. – Isso fez com que me sentisse melhor em relação a mim mesmo, meu amigo. Se deseja alcançar o respeito das pessoas, comece realizando algo que aos olhos delas pareça impossível. Eu propus a mim mesmo me tornar o maior contador de histórias de todo o Reino de Enigma. Isto me trouxe honra.

No desabafo, Le Goff parecia buscar forças para resistir ao frio, que começava a se tornar congelante, e também para suprir o vazio deixado pela falta de pistas que o levassem até o objeto que procurava.

– Após aquela façanha, eu me dediquei a estudar as línguas antigas dos anões. Foi, então, que descobri o erro de tradução na história do pergaminho perdido. Perseu o procurava anualmente no Mar Morto, mas a localização do objeto não se referia ao mar. No texto original, o historiador referia-se ao "mar de mortos", a um cemitério. Com um pouco mais de tempo e muito esforço em minhas pesquisas, descobri que existia esse lugar na Terra dos Gigantes e não tive mais dúvidas de que se tratava do local onde o pergaminho fora escondido, esquecido ou deixado.

– Por que fizeram isso? Por que Karin viria para cá? Por que esconderia o pergaminho aqui?

– Só o próprio pergaminho poderá nos dizer toda a verdade. Você sabe a importância dele para meu povo?

– Não. Até agora, só havia me preocupado em ajudar você a encontrá-lo. Mas, Le, se ele é um Objeto de Poder, assim como estes braceletes, deve ser muito poderoso, não é? Diga-me, afinal, o que ele faz?

– Todo relato histórico é suscetível a erro. Os ruídos presentes na comunicação, na transferência de informação, principalmente ao longo de gerações, podem alterar relevantes fatos históricos. Isso é terrível para nós, anões alados, que queremos ser ao máximo fiéis à verdade. Uma vez que nos baseamos no passado para construir o futuro, a posse desse objeto pode moldar nossos caminhos. O pergaminho tem o poder de revelar o passado sem interferências, sem imparcialidades, da maneira real e crua como este ocorreu.

Arnie achava-se confuso.

– Então, ele deve ser gigantesco. Como seria possível todos os fatos serem inscritos em um único objeto?

– O pergaminho é uma espécie de narrador onisciente que sobrevive ao longo de séculos e séculos. Ele é formado por apenas uma folha.

– Magia? – sussurrou o gigante, interrogativo.

– Magia. Dizem também que ele nos serve de mapa. Não me pergunte como isso é possível, pois pouco sabemos, de fato, sobre esse Objeto de Poder.

Arnie achou aquilo incrivelmente interessante, mas percebeu um assombro na face do albino. Le Goff não percebeu o longo tempo que se manteve calado, em transe, com o olhar hipnotizado e cheio de tensão.

– O que foi? – perguntou o colosso, despertando-o.

O anão passou a língua nos lábios grossos e tentou desviar o olhar.

– De repente, você mergulhou em pensamentos que me pareceram inquietantes, Le – completou Arnie.

– Eu me recordei de histórias antigas. Histórias antiguíssimas sobre Karin e a criação do pergaminho. Arnie, muitos mitos são criados quando várias pessoas tentam narrar fatos memoráveis, importantes. Histórias são inventadas e acrescentadas. O certo é que alguns anões acreditam que o Pergaminho do Mar Morto seja capaz de fazer uma pessoa viajar no tempo. Eu quero dizer, visitar o passado.

Os dois amigos encararam-se e mantiveram-se assim por algum tempo. Le Goff sabia que, no fundo, Arnie não compreendera a dimensão daquele poder, do poder contido no objeto abençoado por Moudrost e criado pelos anões alados. Perdido nesses pensamentos, Le Goff pareceu perscrutar, por algum tempo, a mórbida paisagem a seu redor. O cemitério agora estava tomado por um silêncio aterrador e não apresentava nada mais destacado do que aquelas quatro tumbas e três estátuas expressivas.

Após aquelas revelações estranhas e surpreendentes de Le Goff sobre o objeto que procuravam, o pensamento dos aventureiros voltou-se novamente para a necessidade que tinham: decifrar os mistérios que repousavam naquele cemitério.

Um segredo, indubitavelmente, se relacionava com as estruturas. Mas, como desvendá-lo? Como alcançar a mente dos responsáveis por colocar aqueles ornamentos gigantes ali? Daqueles que ocultaram o pergaminho para que fosse encontrado pela posteridade? Teria sido o objeto realmente escondido naquele mesmo local onde se encontravam os braceletes de poder? Será que tudo não passava de uma coincidência?

– Estamos diante de um enigma esculpido em pedra – sussurrou o anão, pensativo. – Estamos sobre um desconcertante museu de esqueletos tomado por um simbolismo insólito.

Visivelmente incomodado, Le Goff percorreu pela segunda vez os quatro cantos do território em busca de respostas. Analisou os mausoléus. Cada um deles com o mais concentrado interesse.

– O que faremos, se o frio se tornar insuportável, Le?

Não houve resposta.

– O único lugar capaz de me comportar é aquele abrigo – continuou o gigante.

Com ingenuidade, evitando atrapalhar seu amigo, Arnie apontou para o mausoléu maior, aquele que também era o mais brilhante.

Um pensamento assaltou a mente de Le Goff. Das quatro estruturas que limitavam o perímetro do cemitério, aquela parecia construída para abrigar um colosso, não somente enterrar seu corpo. No entanto, com qual intuito fariam isso em um cemitério de anões? Por que, também, as esculturas? O pensamento de Le Goff andava a mil por hora, repetindo questões aparentemente insolúveis. Algo acontecera por ali após o conflito entre os povos; mistério e sigilo ocultavam-se na arquitetura daquele lugar.

As respostas pairavam diante de seus olhos, como se quisessem se revelar a eles. Mas faltava-lhes um elemento, uma informação, um detalhe capaz de conectá-las, fazendo com que tudo ganhasse sentido.

As horas avançavam, enquanto a temperatura despencava violentamente.

Uma neblina espessa formou-se ao redor do pico. A escuridão do abismo foi substituída por um tapete branco de serração, que refletia o luar, semelhante a planícies feitas de algodão.

Arnie abrigou-se com Le Goff naquele único mausoléu que os comportava. Estavam protegidos do frio intenso, mas ainda matutavam sobre o mistério oculto naquelas ruínas.

– Certa vez, pouco depois da morte de seu irmão nas escarpas logo abaixo, passei a noite neste lugar. Meu coração insistia em dizer que mais cedo ou mais tarde eu seria capaz de encontrar outro anão em apuros e que daquela vez seria capaz de salvá-lo da morte. Isso nunca aconteceu.

Um suspiro saiu das narinas do anão.

– Não se preocupe, Le. Vamos encontrar o pergaminho. Por que não tiramos uma soneca? Talvez o descanso nos traga a resposta.

Resistente, o anão desejou protestar, mas percebeu que o amigo tinha razão. Muitas vezes, quando dormimos com um problema, acordamos com sua solução. A resposta para enigmas profundos, geralmente, é alcançada em momentos de descanso, quando todos os mecanismos conscientes de nosso cérebro ficam aparentemente desligados. Quando desviamos nossas mentes e olhares das preocupações, fica mais fácil penetrarmos no oculto.

– Lá está nossa constelação: Orion, o Caçador. Sempre no mesmo lugar, durante séculos e séculos – apontou o gigante para a janela superior do abrigo mortuário.

Incapaz de ver a formação de estrelas do local onde se encontrava, o anão decidiu que aquela seria uma boa desculpa para retornar ao parque de túmulos e continuar investigando o local. Le Goff continuava com uma genuína inquietação. Haviam chegado finalmente ao cemitério e ele não pretendia dormir. Não, enquanto não encontrasse o pergaminho ou pelo menos alguma pista de seu paradeiro. Então, saiu para o sereno.

Le Goff, despretensiosamente, olhou para o céu e localizou, no mapa celeste, o conjunto de astros indicado por seu amigo.

As últimas palavras de Arnie ecoaram em sua mente: "Sempre no mesmo lugar, durante séculos e séculos". E lá faiscavam as estrelas formando a constelação do Caçador. Mais brilhante que todas, Betelgeuse cintilava.

Não podia ser coincidência. Mas não fazia sentido. Por enquanto.

O anão olhou para o céu e, em seguida, para o cemitério. Novamente para o céu e depois para o cemitério. Uma terceira e quarta vez, enquanto seus instintos de alado lhe falavam à mente.

Aturdido, porém satisfeito, Le Goff percebera que Arnie apontava para o elemento de ligação que, por longo tempo, eles estiveram procurando naquele local.

– Arnie, corra aqui! – gritou o anão – Como não pensamos nisso antes, desde que chegamos a este lugar, meu amigo? Coloque-me em seus ombros novamente – pediu, radiante.

Confuso pela completa mudança de humor de Le Goff, o gigante obedeceu. Enquanto acompanhava o albino retirar o sextante e a bússola de sua bolsa, Arnie olhou para o céu, pois percebera que o que causara toda aquela empolgação no anão fora sua observação da constelação do Caçador.

– Quão admirável é este mistério. O tempo todo a resposta para esse enigma esteve bem acima de nossas cabeças – disse o anão, após fazer alguns cálculos e medidas com seus instrumentos. – O perímetro do cemitério é quadrangular, mas não descreve um quadrado ou retângulo, Arnie. Ele tem a forma trapezoidal, com as medidas proporcionais à nossa constelação. As três estátuas no centro batem milimetricamente, dentro da escala de conversão, com o cinturão do Caçador. *Las Tres Hermanas*. As Três Irmãs.

– Anões ou gigantes, quem quer que tenha planejado isso, a verdade é que Vestigo descobrira a chave para o mistério. Parte do mapa celeste foi refletido nessa montanha de Enigma, por meio dos monumentos no cemitério – concluiu o gigante.

– Certamente que, na Terra de Ignor, meu irmão descobriu que estas construções são na verdade representações da constelação do Caçador. Foi exatamente isso que Vestigo tentou lhe dizer, quando você o acolheu – concluiu o anão.

O ASSOMBRADOR DAS TREVAS

A revelação do anão causou um medonho arrepio no colosso, tamanha era a inventividade e obscuridade daquele segredo.

– Podemos medir o brilho aparente de uma estrela, o quão brilhante ela se apresenta em relação às outras. A isso damos o nome de magnitude aparente. Quanto menor a magnitude aparente de um astro, maior o seu brilho. Na constelação do Caçador, esses valores são os seguintes para as quatro estrelas que a compõem: 42 para Rigg. Quarenta e dois para Rigg, Arnie – repetiu Le Goff, efusivo. – Oito para Betelgeuse, a mais notável no céu. Olhe lá onde ela se encontra; 1.480 para Bell e 2.621 para Sixx.

Le Goff citou novamente os valores, agora de maneira mais pausada, apontando para o mausoléu que correspondia a cada estrela. O gigante parecia concentrado e interessado nos detalhes daquela descoberta.

– As três estátuas representam Minitá, com 23 de magnitude aparente, Alnan, com 90, e Altak, com 14. O cinturão do Caçador. Perfeito! Você disse que era inverno, quando Vestigo morreu em seus braços, não foi, Arnie?

O gigante assentiu, como que despertando de um encanto, pois sua mente ainda se fixava nos valores de brilho aparente citados pelo anão.

– Caçador é uma constelação do equador celeste. Mas, apesar de brilhantes e visíveis em ambos os hemisférios de nosso mundo, as estrelas que a compõem não costumam aparecer no inverno. O verão é a melhor estação para observá-las, logo que o sol se põe. Aquele corajoso anão alado estava à procura do Pergaminho do Mar Morto e de alguma maneira encontrou sua localização, assim como nós. Mas, antes de chegar até aqui, foi capturado por nossos inimigos da Terra de Ignor. Muito provavelmente, ele descobriu a verdade sobre esse arranjo escultural naquela terra selvagem e suja. Não me pergunte por que lá!

– Por isso, Vestigo sussurrou o nome da estrela – concluiu Arnie. – Ele não queria levar para o túmulo a chave capaz de desvendar o enigma.

– Na língua dos Antigos, "bet" significa casa e "el" significa Deus. Betel, casa de Deus. "Geuse" é portal. Então, Betelgeuse, Portal da casa de Deus. Betelgeuse é a estrela mais brilhante na constelação do Caçador, a constelação em forma de trapézio.

– Você está sugerindo que o pergaminho esteja ali? No maior mausoléu do cemitério? – Arnie apontou para a enorme pedra na qual haviam se abrigado minutos antes.

Le Goff pensou, receoso.

– Não duvido que estejamos em um cemitério, mas esse lugar é bem mais do que isso. Acredito que aquele sepulcro seja apenas uma porta para algo que se encontra no subterrâneo. Uma passagem para um lugar onde todas as nossas perguntas encontrarão respostas.

Le Goff ficou em silêncio por alguns segundos, que pareceram uma eternidade para Arnie.

– O que foi?

– Não me leve a mal, Arnie. Mas, embora sejam estátuas de gigantes e pedras enormes esculpidas e trazidas por eles até aqui, não me parece que tudo isso foi gerado na mente de alguém pertencente a seu povo.

Arnie teve de concordar e seu olho se arregalou, pois ele sabia o que o anão queria dizer com aquelas palavras. Semelhante às pirâmides nas terras do sul de Enigma, aquele sítio era uma construção típica de seres mágicos, entre os quais, em primeiro grau, encontravam-se os anjos. Todos os demais descendiam, de alguma maneira, desses seres celestiais, sendo que a maioria não era do bem.

Le Goff começou a falar precipitadamente, inventando uma boa história para tentar não assustar ainda mais seu amigo. Precisavam ter foco e coragem naquele instante.

– Os anões alados são ótimos astrônomos, amigo. Podemos estar pisando no maior observatório astronômico já construído pelo meu povo. Isso é apenas uma suposição.

A sugestão não convenceu o gigante, mas o acalmou. Ainda cheio de surpresa e, em seguida, somente um pouco de espanto, ele concordou com o anão – e toda a sua linguagem corporal evidenciou isso. O colosso começou a espiar ao redor, como se algo ou alguém os pudesse estar espreitando – sensação que nunca tivera naquele local.

– Um fato que me chamou a atenção, desde o momento em que chegamos aqui, foi o tamanho das construções mortuárias. Cada uma delas é formada por um bloco único de pedra. Veja a que representa Betelgeuse. Ela é enorme. Seria preciso muitos anões alados para trazê-la até aqui. Obviamente que não conseguiriam – disse Le Goff.

– Mas não seria muito problema para trabalhadores gigantes.

– Exato! Isso nos garante que foram montadas pelo seu povo.

O quebra-cabeça estava tomando forma.

– De acordo com meus cálculos, existe um erro de três metros de distância para o norte na posição do mausoléu que corresponde a Betelgeuse. Para que a proporção da construção rochosa na terra fique em alinhamento perfeito com o das estrelas no céu, seria necessário arrastar a pedra maior na direção leste. Por três metros.

– Isso é fácil pra mim, Le.

Outro pensamento dominava a dedução turbulenta provocada na mente do anão. No fundo, ele sabia que poderia estar equivocado.

– Quantos gigantes seriam necessários para arrastar o mausoléu, Arnie?

Após gastar um tempo pensando a respeito, o colosso respondeu.

– Não menos que três.

– Se o pergaminho estiver escondido debaixo dessa estrutura, isso significa que quem o escondeu dificultou consideravelmente a busca pelo objeto. Pode ser também que desejasse que os braceletes fossem encontrados primeiro, pois, com eles, uma única pessoa seria capaz de arrastar a pedra da construção – concluiu. – Ou uma coisa poderia não ter relação alguma com a outra... pense, pense, pense, Le Goff.

– Então, vamos saber agora – respondeu o gigante preparando-se. – Mostre-me para que lado eu preciso empurrar a pedra do sepulcro. E depois me diga quando parar.

Entusiasmado, o anão pegou seu quadrante e acertou a direção.

– Para aquele lado, Arnie. Comece.

Então, a estrutura do mausoléu começou a se mover por completo, empurrada pelas mãos possantes do gigante. Os músculos de Arnie contraíram-se e as veias ganharam relevo em seu pescoço e braços. O alinhamento do retrato da constelação do Caçador feito de pedra foi atingido antes que Le Goff pedisse para o gigante parar.

E, subitamente, o chão inclinou-se para baixo sob os pés de Arnie e o colosso escorregou pela fenda aberta de maneira inesperada.

Com espanto e surpresa, o anão correu na direção de seu amigo, mas a pedra que servia como um alçapão já se movera para a posição anterior, horizontal, fechando a passagem que surgira por apenas alguns segundos.

Le Goff subiu sobre ela e sentiu o chão se mover.

– Esplêndido! – pensou – Uma passagem secreta sob o mausoléu.

A pedra inclinou-se e o anão escorregou também para a escuridão.

O túnel circular descendente era escorregadio, muito liso e inclinado o suficiente para impedir uma futura subida por meio dele. O anão não teve tempo de pensar em possibilidades futuras enquanto caía em alta velocidade pelo buraco. E depois de um tempo, sentiu seu corpo colidir com violenta pressão contra uma espécie de anteparo delgado maciço.

Le Goff foi lançado de um lado a outro quatro vezes, batendo as costas em estruturas rígidas que fizeram suas asas quase se partirem em vários pedaços. Penas foram arrancadas devido à força da colisão, até que, finalmente, seu corpo estancou no chão de um enorme salão sombrio.

Somente após se refazer do susto, mas ainda com muita dor no corpo, Le Goff pensou, curioso, no fato. O túnel através do qual o anão caíra não era grande o suficiente para comportar o corpo de um gigante.

Ainda embaçados, seus olhos encontraram a figura robusta de Arnie do outro lado do amplo recinto.

Eles se achavam em uma enorme galeria subterrânea, mas não parecia nem um pouco com um observatório astronômico de anões, como Le Goff suspeitara. Mergulhados nas sombras, ambos os lados do salão se conectavam por uma larga ponte rochosa natural, e em seu centro encontrava-se uma espécie de mesa tabular, também construída na própria estrutura da caverna.

Todo aquele amplo espaço enegrecido era iluminado apenas por sete feixes de luz provenientes do teto do salão. Os feixes desciam precisamente sobre pontos fixos espalhados ao redor da galeria e colidiam com a superfície especular de pedras sarcon, das quais eram projetados.

Le Goff compreendeu que o luar entrava por aberturas precisas, feitas nas sete esculturas do cemitério. E, rapidamente, lembrou-se do uivo melódico que ouvira na superfície, quando chegara ao cemitério. Os canais de entrada de luz também serviam à passagem de ar, produzindo aquelas harmônicas perturbações sonoras.

– Arnie! – gritou o anão, ainda caído no chão, apertando seu abdome com força, a fim de conter a dor – Estou aqui. Arnie!

O gigante não escutou o chamado. Então, uma voz rouca, porém sibilante, rasgou o silêncio na caverna. Ela soava como um pedaço de seda sendo cortado com delicadeza por um exímio e cuidadoso alfaiate.

– Ele não pode ouvi-lo.

Surpreso, Le Goff voltou-se para ver quem havia dito aquilo.

Das trevas, oculto em um dos cantos do salão, um ser encapuzado surgiu, caminhando lentamente através da penumbra para uma área mais iluminada.

Horrorizado, o anão levantou-se tomado pelo pavor e pôs-se a caminhar, mancando em direção à ponte rochosa que conectava os dois lados do salão.

– Arnie! – insistiu o anão, sem resultado.

O gigante também caminhava pelo salão na direção de seu amigo, mas olhava ao redor, investigando, como se não o estivesse vendo logo à sua frente – como, de fato, não estava.

– Ele não pode ouvi-lo nem vê-lo, anão – repetiu a criatura sombria.

Agora Arnie passava ao lado de Le Goff, quase esbarrando nele, mas seguia sem percebê-lo naquele sinistro mundo dentro da montanha.

– Que lugar é este? Quem é você? – perguntou o anão albino, em desespero.

A criatura moveu-se outra vez e alcançou um ponto de luz. Do oculto de suas vestes, um crânio escamado se exibiu de maneira grotesca e assustadora. Suas mãos também possuíam apenas ossos secos descarnados. A assombração das trevas era na verdade um esqueleto vestido com uma túnica cinza-escura. Encapuzado.

– Eu sou Rafan. E estou nesta prisão há aproximadamente quinhentos anos. Seja bem-vindo ao seu novo lar.

– Prisão?

– Sim. Qual o seu nome, anão branco?

Sem se importar com as palavras qualificadoras de Rafan, Le Goff respondeu, ainda observando, estupefato, Arnie passar por entre eles sem os enxergar.

– Meu nome é Le Goff. – Então, voltou a gritar por seu amigo. – Arnie!? Você pode me ouvir? Ei!

Uma gargalhada tenebrosa ecoou no salão ao mesmo tempo em que uma lufada de vento frio invadia a clausura.

O andar de Rafan era blasfemo e soberbo. Le Goff percebeu que parte do piso do grande salão onde ele se encontrava abria-se para uma escuridão desafiadora, de onde correntes de ar gélidas ascendiam como raios congelantes de um negro abismo. Rafan aproximou-se da beirada desse abismo.

– Receio que tenha vindo até aqui atrás de seu irmão.

Voltando-se para Le Goff, Rafan apontou para um amontoado de ossos ressequidos e desgastados, caídos no piso da caverna, praticamente incrustados na rocha.

– De quem são esses restos mortais? – perguntou o anão, confuso.

Entretanto, a criatura não lhe deu ouvidos, antes de terminar seu palpite.

– Vocês estão atrás disso, não é?

Os dedos ossudos e magros apontaram para um local no chão, ao lado da ossada, na direção do que parecia ser uma folha de papiro enrolada em espiral.

Le Goff aproximou-se e pegou o objeto. Ele se mantinha enrolado sem que qualquer presilha o segurasse em tal posição. O anão o desenrolou e, para sua surpresa, percebeu que ele se manteve aberto. Ameaçou enrolá-lo novamente, imprimindo uma leve força em uma de suas quinas e o pergaminho girou tomando novamente a forma de rolo.

Magia.

Ele era retangular, feito de couro, com aproximadamente 20 centímetros de largura por 30 de altura. O anão não teve dúvidas do que se tratava.

– O Pergaminho do Mar Morto!

O esqueleto riu ao ouvir aquilo.

– É com esse nome que você o conhece?

– O que significa tudo isso?

– Uma maldição. Não percebe? – respondeu Rafan – Você deve saber sobre a história de Bene Véri e Karin.

Le Goff assentiu.

– Sim. Você a conhece – afirmou o esqueleto ambulante, com arrogância e soberba –, mas com certeza somente versões incompletas dela.

Para um historiador como Le Goff, escutar aquilo era como uma ofensa; mais, uma afronta.

A assombração caminhou para outro ponto iluminado do salão.

Arnie continuava pesquisando cada canto do recinto, mas sem poder enxergar seu amigo e a assustadora criatura presente. Eles pareciam ocupar dimensões paralelas de um mesmo ambiente, onde não podiam sequer se tocar.

– Após a morte da filha do rei, o anão Karin não se conformou com a inimizade gerada entre os alados e os gigantes da montanha. Então, durante quinze anos de sua vida, após aquele trágico assassinato, ele reuniu todo o conhecimento sobre história e geografia – uma especialidade dos anões alados, não? –, a fim de provar para o gigante que a morte de Ischa não fora sua culpa. Ele precisava de um objeto capaz de contar a história como realmente havia acontecido.

– E, então, o que na verdade aconteceu?

Outra risada macabra rasgou o ar.

– Karin, o anão, acreditava que alguma forma de feitiçaria fora usada na Floresta Transparente para revelar intentos malignos inexistentes, mas supostamente inseridos em seu coração, fazendo a culpa pela morte de Ischa recair sobre ele. Então, somente com magia, uma tremenda e poderosa magia, ele conseguiria se redimir e convencer o gigante a retomar a amizade. A intenção de criar o pergaminho foi esta: exibir a verdade para que os povos voltassem a confraternizar.

– E como você sabe de todas essas coisas, Rafan?

– Porque as ouvi da boca do próprio anão.

O esqueleto apontou novamente para a ossada no chão.

– Os anos não conseguiam aplacar a dor de Bene Véri pela morte de sua filha. Seu ódio e rancor pelos anões alados só cresciam a cada dia. E distante dos sábios conselhos do amigo anão, por quem pensava ter sido traído, o rei gigante passou a tomar conselho com os gnomos das Planícies Ardilosas. Os dois povos ficaram amigos. Foram eles, os gnomos, que criaram, com sua magia, esta prisão invisível e assombrosa. Isso foi há muito tempo, antes de os gigantes descobrirem que uma amizade com aqueles seres teria consequências desastrosas – sarcasmo exalava da voz da criatura. – Os gigantes sempre foram tolos – ela completou sua fala, olhando para Arnie, que permanecia no salão sem poder vê-los ou ouvi-los.

Afinal, para Le Goff, todo o enigma estava resolvido, as peças do quebra-cabeça tinham se encaixado, de forma próxima às possibilidades que ele havia traçado junto com Arnie. Os gigantes haviam levado as enormes pedras dos mausoléus e esculturas para o topo da montanha, seguindo ordem dos gnomos das Planícies Ardilosas.

– Mas, não seria mais fácil jogar Karin numa cova e enterrá-lo?

– Não para um coração atribulado e amaldiçoado. Bene Véri queria uma prisão de onde o anão pudesse viver, por um tempo, uma vida também maldita. Enquanto durou seu reinado, o gigante nunca deixou de caçar anões voadores. Ele os trazia para este salão de tortura e os sacrificava diante dos olhos do anão prisioneiro; depois os jogava no fundo do abismo à sua frente. Durante os dias em que viveu nesta caverna, Karin assistiu à morte de muitos de seus irmãos, sem poder fazer nada, sofrendo um profundo sentimento de culpa.

Um calafrio cortou a espinha de Le Goff. Ele pensou que a história conhecida em todo o Reino de Enigma não revelava as atrocidades e perversidades ali cometidas.

– Como Bene Véri poderia ter certeza de que o anão ainda estava vivo, sofrendo e agonizando ao observar seus atos de crueldade contra os anões?

Rafan caminhou até a mesa de pedra no meio da ponte que unia os dois lados do salão subterrâneo. Le Goff viu desenhado na superfície da estrutura um mapa celestial.

Com seu profundo conhecimento de astronomia, não foi difícil para ele identificar cada ponto desenhado, correspondente às várias constelações do céu. A fixação de Bene Véri pelas estrelas identificava-se com a obsessão que possuía pela vida dos anões alados, antes seus amigos.

Na dimensão oculta na qual a criatura e o anão se encontravam, não era possível manipular o tabuleiro com o desenho celeste nem as pedras sarcon que refletiam os sete feixes de luz do luar.

– Este amplo salão subterrâneo foi construído com duas entradas. O alçapão se abre de acordo com o peso de quem se coloca sobre ele. Gigantes escorregam para um túnel enorme, que desce através de uma escada até aquela ponta leste da caverna – Rafan apontou para o outro extremo do recinto –; seres menores são direcionados para este mesmo salão, mas percorrem, em queda, o túnel por onde você chegou. Cada entrada leva a uma dimensão diferente, ambas presentes neste mesmo lugar, de forma que os que chegam aqui pelo oeste – ele apontou para o túnel através do qual Le Goff descera – não são capazes de entrar em contato com os que entram pelo leste. E vice-versa. No entanto, nós podemos vê-los. Eles nem isso conseguem. É como se a caverna estivesse vazia para seu amigo.

Sentindo-se triste e impotente, Le Goff observou Arnie, que bisbilhotava o abismo existente no centro do grande salão.

– Através das pedras sarcon, os feixes luminosos podem ser ajustados para incidir sobre os principais pontos da constelação do Caçador desenhados na mesa de pedra. Quando isso acontece, as duas dimensões se tornam uma. Então, temos acesso à porta leste, que possui a escada de saída. Era unindo as dimensões que Bene Véri tinha acesso a Karin.

Ainda sentindo a dor em seu lombo, Le Goff compreendeu que os obstáculos maciços contra os quais ele trombara em sua queda pelo túnel oeste haviam sido ali inseridos para provocar lesões nas asas de Karin, de modo que, condenado, o anão não pudesse regressar voando através do duto. Uma sórdida armadilha arquitetada por uma mente cruel e maligna.

Le Goff conjecturou que talvez Arnie pudesse livrá-los, ajustando as pedras de sarcon e unindo as duas dimensões. A criatura pareceu adivinhar-lhe os pensamentos, pois disse:

– Mesmo que seu amigo pudesse compreender a necessidade de direcionar a luz para formar a constelação do Caçador no tabuleiro, ele precisaria saber os valores corretos para manipular a direção das pedras sarcon. Mas ele é apenas um gigante. Ignorante e bruto.

Aquelas palavras expressavam o rancor do assombrador por estar aprisionado há tantos anos, mas também escárnio e preconceito em relação aos colossos.

– Um gigante. Idiota como seu rei, Bene Véri – enfatizou.

Todas aquelas revelações hediondas sobre o sofrimento de Karin, as torturas e execuções de anões naquele lugar de trevas, mexiam intensamente com as emoções do anão albino. Petrificado, ele assistiu à sua única esperança literalmente ir embora.

– Arnie, não! – gritou Le Goff, correndo na direção do colosso. – Estou aqui. Arnie, você precisa...

O gigante atravessou uma sólida parede de pedra onde provavelmente deveria existir a passagem para aqueles que chegavam até ali pela entrada leste. O anão chocou-se contra a murada, caindo no chão. Ele estava desolado. Ficaria enterrado vivo nas sombras daquele espaçoso túmulo feito para anões da sua espécie.

– Diga, Rafan – gritou, em prantos –, Karin teve ou não teve culpa pela morte de Ischa?

– O pergaminho pode contar-lhe toda a verdade, anão – disse o assombrador das trevas, apontando para o Objeto de Poder. – Pelo menos para isso ele serve neste lugar.

A HISTÓRIA DO REI GIGANTE

Por tanto tempo, Le Goff almejara encontrar o Pergaminho do Mar Morto. Agora que o tinha em mãos, via-se aprisionado juntamente com ele, em uma caverna abaixo do Cemitério Esquecido dos Anões Alados. Em um lugar tão oculto que ninguém jamais poderia imaginar existir.

Não havia água nem alimentos ali. Sua vida certamente duraria poucos dias e ele morreria de inanição. Contudo, não pretendia deixar aquela vida sem antes saber toda a verdade sobre a morte de Ischa, o assassinato que culminara no desentendimento e inimizade entre gigantes e anões alados.

Acompanhado de perto pela criatura esquelética, que o seguia como uma sombra naquele lugar de penumbras, Le Goff acomodou o pergaminho sobre a mesa de pedra e, receoso de como aquilo pudesse funcionar, perguntou:

– Como faço para saber a história de Bene Véri e Karin?

Antes que pudesse voltar o olhar para Rafan, a quem se dirigia, o anão percebeu que palavras haviam surgido no tecido, como se escritos por uma mão invisível e mágica. No canto superior direito fixava-se a imagem da coruja, um desenho a soltar do tecido do pergaminho, como um timbre tridimensional.

O olhar da criatura estreitou-se diante do poder mágico manifestado pelo objeto.

Le Goff começou a ler.

Tudo aconteceu há muito tempo, quando os primeiros anões alados e os gigantes surgiram em Enigma.

Nas montanhas ocidentais do reino, os colossos haviam se estabelecido. Sob a mão forte de Bene Véri, um rei admirável e justo, esse povo se fortaleceu, crescendo em harmonia com os anões.

Bene Véri foi um dos maiores e mais fortes reis gigantes. Um homem de três metros e meio de altura, ágil, disciplinado e inteligente. Seu povo o temia e o respeitava não pela força que possuía, mas principalmente pelo senso de justiça e de equidade com que procurava reinar. Eyshila, sua esposa, amava-o de todo o coração e devotava a ele fidelidade eterna. Juntos tiveram três filhas.

No entanto, algo inesperado aconteceu. A terceira princesa, Ischa, nasceu diferente das demais, diferente de todo o povo gigante. Ao alcançar o ápice do desenvolvimento físico, ela não ultrapassou um metro de altura. E assim ficou por toda a sua vida.

Naquela época, gigantes e anões alados eram amigos. E, mesmo que o fato levantasse suspeitas de uma possível traição matrimonial, ninguém, nem mesmo Bene Véri tinha dúvidas de que Ischa era filha do rei.

A menina tinha as feições do pai, olhos circunspectos e nariz aquilino, longos cabelos anelados castanhos. Tudo nela o refletia com austera autenticidade e, por isso, ele a amava intensamente. No entanto, mantinha um sofrimento velado pelo fato de Ischa não conseguir acompanhar suas irmãs e demais garotas de seu povo nas atividades esportivas promovidas pelos gigantes, mesmo a garota não se importando tanto com tal restrição.

Karin, o sábio, um anão alado que fora criado junto com Bene Véri e se tornara seu conselheiro, instruiu-o a fabricar um par de braceletes para Ischa e colocar nele todo o conhecimento das artes esportivas, da força dos gigantes, da sua própria agilidade, resistência física, velocidade e destreza, e depois buscar favor de Moudrost. Achando aquele conselho aprazível e perspicaz, o rei, Bene Véri, concretizou-o.

Então, quando completou quinze anos de idade, Ischa ganhou os braceletes de seu pai como presente de aniversário. O rei havia alcançado o favor de Mou e o adereço passou a ser um objeto mágico, o Objeto de Poder dos gigantes. Sua magia capacitou a jovem a correr mais rápido que suas duas irmãs. Usando o par de braceletes, Ischa conseguia ter mais força, agilidade, equilíbrio e destreza que seu próprio pai.

Um infortúnio, porém, sobreveio àquela família. Eyshila, a rainha, faleceu repentinamente. E antes mesmo que o luto terminasse para Bene Véri, as três irmãs assistiram ao pai desposar Selina, a irmã de sua falecida esposa. A tia, que passara a ser madrasta, insistia em ser chamada por todos, inclusive por suas enteadas, de rainha.

Selina amava Bene Véri com um amor tão intenso quanto o de Eyshila, mas não aceitava o amor incondicional que ele dedicava às filhas, principalmente à Ischa, a quem ele amava mais que às outras.

Com inveja e malignidade em seu coração, Selina procurou Rafan, um feiticeiro agourento do oeste, que habitava o submundo das Montanhas Menores da Perdição. Com ele tomou conselho para conseguir acabar com a vida daquela a quem seu marido mais amava.

O feiticeiro aceitou. Em troca daquele favor, porém, Rafan pediu que a mulher lhe entregasse os braceletes de poder da anã, um objeto que passou a ser conhecido e cobiçado por muitos.

Le Goff terminara de ler tudo o que estava escrito no pergaminho, mas sabia que a história não poderia terminar daquele jeito. Quando tocou o artefato que segurava, pois pensava em ver se algo estava escrito no verso, foi como se passasse a página de um livro, o texto se alterou imediatamente por pura magia na única página frontal que ele possuía.

O anão achou aquilo incrível. Quantas enciclopédias, quantos volumes de História poderiam caber naquela folha única de couro? Infinitas!

Encantado com aquilo, ele continuou a leitura.

Alguns dias se passaram após a visita de Selina ao feiticeiro. Com oculta sagacidade, a madrasta convidou as três filhas do rei para um passeio na Floresta Transparente.

Todos no reino dos gigantes sabiam que aquela era a mais adorável, agradável e tranquila floresta nas montanhas, mas sabiam também que ela guardava um poder mágico e capcioso. Um único cochilo na Floresta Transparente seria suficiente para expor os verdadeiros sentimentos do coração humano, fossem eles os mais nobres ou os mais cruéis e mesquinhos. Contudo, Selina estava preparada. Rafan dissera-lhe para enterrar sementes de corazim[1] junto às raízes das árvores, ao pé das quais os integrantes do passeio repousariam.

Conforme disse o feiticeiro, o corazim seria capaz de alterar os sonhos dos desavisados dorminhocos. Então, a maldade seria

[1] Corazim: Planta medicinal. Suas folhas atuam como anti-inflamatório natural e tônico digestivo. Muito usado por gnomos em rituais de magia.

exposta em lugar da pureza e a pureza se exibiria como maldade pelo mais puro coração.

Para que seu plano funcionasse, Selina precisava levar para o passeio, junto com as três irmãs, alguém sobre quem pudesse colocar a culpa pela tragédia premeditada. Isso não foi difícil, pois, suspeitando de que algo ruim estava sendo tramado pela madrasta das meninas, Karin, o sábio anão alado, prontificou-se a acompanhá-las. Ele não poderia imaginar o alto preço que pagaria por sua ingenuidade.

Após o lanche, durante o passeio, tudo aconteceu conforme o planejado. As irmãs caíram em um sono preguiçoso, assim como a rainha má. Karin foi o último a adormecer, ainda receoso.

A Floresta Transparente tinha essa capacidade. De tão agradável e bela, ela induzia seus visitantes a tirarem um cochilo. Ela os deixava propensos a dormir.

Foi então que um propósito maligno se revelou do coração de Karin, o anão amado pelo rei Bene Véri. As sementes de corazim, ocultas sob as raízes das árvores, alteraram no sonho a natureza das intenções de seu coração, que eram de paz e proteção em relação a Ischa.

Ao acordar, a princesa anã, assim como suas irmãs, interpretou erroneamente que Karin pretendia matá-la. Com aquela mágica enganosa conspirando a seu favor, a madrasta acusou o anão de cobiçar o poder dos braceletes de sua enteada anã e invejá-la por possuir força maior que a de um gigante. Imputou a ele a intenção de se tornar rei dos anões, utilizando os poderosos braceletes. Então, respaldado por aqueles falsos argumentos, o falso sonho pareceu justificar qualquer atitude hostil contra o anão conselheiro.

Karin tentou defender-se, dizendo que algo misterioso e oculto poderia ter alterado as revelações oníricas. Contudo, Ischa já estava contaminada pelas acusações de Selina.

Com um único movimento, a anã poderia ter imobilizado Karin, mas não o fez, dando mais tempo a ele para tentar se explicar com argumentos plausíveis. Ischa aprendera a não usar o poder dos braceletes de maneira impulsiva. À medida que ela se permitia ouvir as suposições do anão, começava também a se convencer de que algo misterioso e maligno pudesse estar acontecendo. Tinha em seu nobre coração a suspeita.

Protagonizando um momento de extrema proteção materna, fingida e dissimulada, Selina gritou o mais alto que pôde, ordenando que as irmãs de Ischa corressem em direção à cidade para avisar o rei sobre o propósito mortal do anão alado. Karin, prevendo as nefastas consequências daquele inexplicável mal-entendido, assustou-se e alçou voo com o intuito de chegar primeiro diante do rei. Talvez, perante Bene Véri, ele conseguisse justificar-se e esclarecer aquela confusão.

Após ficarem sozinhas, com sagacidade, Selina convenceu a confusa anã a retirar os braceletes que eram frutos da suposta cobiça do anão. Era o lance principal de seu jogo perverso. Então, sem piedade, a giganta encravou um punhal no coração da princesa, que, em poucos segundos, morreu.

Em seguida, Selina recolocou nos pulsos de Ischa aqueles poderosos objetos de discórdia e começou a gritar e a chorar, fingindo estar consternada devido a sua jovem enteada ter sido violentamente assassinada por um anão que se dizia amigo do rei.

Bene Véri não acreditou no que seus olhos viram ao chegar à floresta. Antes que pudesse derramar lágrimas pela filha morta, ordenou que Karin fosse caçado e executado. E, desde então banidos do reino dos gigantes, os anões alados passaram a ser considerados seus inimigos mortais.

Surpreso ao descobrir que os braceletes haviam perdido seu poder, após a morte da princesa anã, Rafan amaldiçoou Selina, considerando que ela o enganara.

A rainha transformou-se em uma estátua de sal, enquanto caminhava pelos jardins do palácio, sem ter jamais recebido de Bene Véri o amor pleno e incondicional que esperava alcançar após a morte da princesa.

A tristeza e o luto tornaram-se os únicos habitantes do nobre coração do rei, desde então. Bene Véri caiu em profunda desgraça e se debruçou, durante anos, sobre um plano que fizesse Karin pagar pela morte de sua filha. Nunca suspeitou de que uma trama maligna pudesse ter-se desdobrado durante o passeio pela Floresta Transparente. Então, com a ajuda dos gnomos das Planícies Ardilosas, foi capaz de criar uma prisão inigualável e invisível, que só seria aberta caso um enigma estelar luminoso fosse desvendado.

O rei gigante acreditava que, mesmo que se passassem muitos anos, um dia seria procurado pelo anão assassino. E assim aconteceu. No encontro, porém, Bene Véri recusou-se a ouvir Karin quando este se aproximou trazendo na mão um pergaminho que conteria provas de sua inocência.

Antes que percebesse que havia caído em uma segunda cilada, Karin escorregou para os subterrâneos do Cemitério dos Anões e, com uma de suas asas quebradas, lá permaneceu ferido, assistindo a monstruosas e atrozes execuções de anões alados perpetradas por Bene Véri.

Certo dia, enquanto minguava, desnutrido e sedento na prisão invisível, o anão percebeu que outro desatento também caíra na armadilha em que ele se encontrava. Era Rafan, que, como serpente, arrastava-se pelo cemitério à procura do túmulo de Ischa.

O feiticeiro ficara sabendo, por revelação e leitura das estrelas, sobre uma profecia a respeito das pulseiras de Ischa. Um dia, quando encontradas por um gigante de bom coração, o poder retornaria ao objeto.

Com astuta cobiça, Rafan misturou-se ao povo gigante e, após meses disfarçado como bom mordomo do rei, descobriu onde Ischa havia sido enterrada. Somente a família real participara do funeral da garota.

Quando conseguiu finalmente alcançar o pico elevado do monte, onde se encontrava o Cemitério Esquecido dos Anões, almejando tomar posse dos braceletes, ele acabou sendo fisgado pela armadilha arquitetada para pegar Karin. A ambição e a cobiça do feiticeiro tornaram-se sua própria prisão.

Karin morreu no mesmo dia em que o maléfico Rafan chegou à sua cela. Poucas palavras eles puderam trocar. Então, sem forças, magro e implorando por um copo de água, o anão tombou enfraquecido.

Negando-se a ter o mesmo fim do anão, o feiticeiro, acostumado às práticas de magia negra, fez um pacto com as forças das trevas. Trocou sua alma por anos de vida, a fim de conseguir recuperar os braceletes e, usando os poderes do objeto, sair do confinamento. Seu esqueleto sobreviveria através do tempo na escuridão, até conseguir a posse definitiva do Objeto de Poder para levá-lo às Terras de Ignor, de onde finalmente partiria para o além, em condenação.

Taciturno e amargurado pela revelação da história que se evidenciara diante de seus olhos, Le Goff largou o pergaminho e deixou-se cair próximo à beira do precipício.

Um olhar de desprezo foi lançado em direção à criatura que o observava com sagacidade e maligna alegria. O anão sabia que estava diante de um demônio. Um monstro horrível e tenebroso que, com suas artimanhas infernais e mentiras sombrias, fora capaz de destruir muitas vidas. Rafan deixara de ser uma criatura de carne e osso há muitos séculos. Ele se tornara semelhante a um espectro, um denso espectro.

– O poder tem uma indefinível e enigmática capacidade de atrair pessoas sem caráter, desonestas e indecorosas – sussurrou o anão albino, sem sequer mover a cabeça.

Ali ele permaneceu por longas horas, caído, pensativo e amargurado, contemplando o que restara de crânios de anões dispostos ao longo das bancadas de pedra nas paredes da caverna, imaginando a dor e o desespero daqueles que sofreram injustamente por causa do egoísmo e ciúme de Selina e da maquinação promovida por Rafan.

Le Goff sabia que seu destino estava selado naquela prisão. O calabouço de tortura fora muito bem planejado. Não haveria ninguém para resgatá-lo, nem mesmo Arnie, pois o gigante não sabia que ele se encontrava ali.

ARTIMANHAS NO ESCURO

Quando a luz solar invadia a caverna através das aberturas dos mausoléus acima, refletindo-se nas pedras sarcon, sua intensidade e brilho eram nitidamente mais fortes que a do luar. Talvez fosse dessa forma que Rafan tivesse contado os dias e anos de seu infindável confinamento.

O anão percebeu que havia amanhecido. Contudo, não tinha esperanças. Se Karin morrera de inanição naquele lugar esquecido, se o próprio demônio de Rafan permanecia ali por quase quinhentos anos, o que em toda a terra de Enigma poderia fazer com que o destino de Le Goff se revelasse diferente?

Não havia nada que se pudesse fazer, nem um sopro de esperança sequer entrava pelas pequenas frestas das estátuas e mausoléus superiores trazido pelo vento ou pela luz que amenizava a escuridão do lugar. Trancado, enterrado vivo naquela caverna desprezível, o anão albino evitava conversar com o assombrador das trevas, a traiçoeira criatura que lhe fazia companhia.

De qualquer maneira, era inevitável permanecer em silêncio por muito tempo. As horas pareciam não passar, pois nada se movia naquele antro. Nenhum som, nem da superfície nem das profundezas do abismo, podia ser ouvido. Aquela cela mortal, impregnada de lembranças terríveis e de dor, estava trancada por magia. E, a cada minuto que passava, ela também se tornava para o anão uma caverna promotora de loucura.

– Por quanto tempo você acredita que conseguirá sobreviver? O que o trouxe aqui na companhia daquele gigante? Como está o mundo lá fora? No que você está pensando, anão? Os dois povos fizeram as pazes? Como?

Após intermináveis e insistentes perguntas de Rafan, Le Goff cedeu e iniciou uma conversa com o demônio.

– Eu estou pensando nas muitas mentiras que já inventei em toda a minha vida.

– Hum?

– Em como não me dei conta do alcance da destruição que elas promovem.

– Mentir, muitas vezes, se torna necessário – afirmou o espectro.

– Por que você está preso neste submundo por tanto tempo? Afinal, não foram as mentiras que você disseminou na Floresta Transparente que o trouxeram para cá? Pois essas mesmas mentiras causaram a morte de muitos inocentes nesta prisão e também levaram o rei dos gigantes à loucura.

Rafan desconversou:

– Talvez você possa fazer algo para aplacar sua dor.

O anão deu de ombros ao ouvir aquilo. Acreditava que qualquer coisa vinda do fantasma do feiticeiro jamais lhe pudesse fazer bem.

– Dentro de poucos dias você vai definhar como seu irmão Karin. E será nada mais que uma sombra fugaz que passou de maneira desprezível por esta terra. O fim da sua vida não será diferente da dos demais seres de Enigma.

– Não estou disposto a passar meus últimos momentos de vida ouvindo você falar asneiras, Rafan. Aonde você pretende chegar com sua conversa miserável?

– Veja por você mesmo. Após muitos longos anos, aqui estou eu conversando com um anão. Eu chamaria a isso de esperança.

Le Goff começou a rir como uma forma de escape, uma tentativa de promover uma mudança naquele ambiente ocioso e imutável de sombras e silêncio.

– Dê-me sua alma e será capaz de estender sua vida pelos longos anos que se seguirão. Quem sabe, talvez, falte tão pouco tempo até que alguém nos descubra nesta prisão? E você viverá. Não é o que todos nós queremos? Viver.

– Não tenho interesse nessa barganha. Tenho experiência suficiente nesse ramo para saber que...

– Uma vida quase eterna por uma alma – interrompeu Rafan, com insistência.

– Eu não quero ouvi-lo falar.

– Mas não tem opção. Somos só nós aqui para todo o sempre. Ou melhor, eu estarei sempre aqui até ser libertado. Você, por outro lado...

– Não espere por liberdade ou salvação. Sua alma já está condenada.

O fantasma do feiticeiro retirou-se para as sombras, certo de que não conseguiria convencer o anão a se juntar a ele naquele corpo assombroso e aprisionado no tempo.

Tateando no escuro, o anão albino agarrou uma pedra no piso da caverna e a lançou no abismo que se estendia nas trevas abaixo da passarela onde ele se encontrava.

– Não perca seu tempo – sussurrou Rafan.

O anão, contudo, continuou a fazer tentativas. Jogava pedras na garganta obscura esperando ouvi-las tocar o fundo. Mas nenhum som era produzido. O abismo parecia não ter fim.

Atribulado, Le Goff afligia-se com o silêncio mortífero e contínuo que persistia no ambiente do salão. Se aquele primeiro dia na solidão de seu confinamento já parecia eterno, o que dizer da vida esquecida de Rafan durante anos naquele salão escuro?

Por certo, a dor que o feiticeiro infligira ao povo dos gigantes e dos anões alados com a bruxaria promovida por meio das sementes de corazim voltara-se contra ele. Não poderia haver maldição maior do que aquela: passar uma eternidade aprisionado, esquecido no submundo de um cemitério abandonado.

Le Goff esticou as pernas miúdas através da escuridão, tentando alcançar a rocha da parede abissal. Em vão, gritou por socorro e chorou amargamente, enlouquecido em seu aprisionamento.

Cansado, dormiu um longo sono aterrorizado por pesadelos tormentosos e fatais no duro chão do salão que, a cada minuto, parecia menor. Muito pequeno. Bem menor, por mais amplo e espaçoso que tenha parecido no momento de sua chegada ali.

Rafan ficara absolutamente mudo, como um urso que hiberna no inverno, escondido na escuridão de um canto do recinto. Mas, Le Goff sabia que ele não dormia. O agourento feiticeiro observava-o, estudava-o, esperançoso de receber a alma do anão em troca de anos de loucura persistente naquela escuridão silenciosa e subterrânea. O anão podia sentir um prazer mórbido na quietude do fantasma. Como um monstro faminto, Rafan alimentava-se da dor e do sofrimento de Le Goff, de sua falta de esperança e de sua desilusão.

"Está tudo errado", pensou o albino, de olhos fechados, fingindo manter o sono. "Eu menti para os líderes de meu povo e fugi para procurar um objeto que me atraía à maneira de um vício, uma necessidade irrevogável. Não contei a ninguém meus propósitos nem o destino que intentava alcançar. Ninguém sabe que estou aqui."

De repente, o anão lembrou-se de Arnie.

"Arnie é o único que sentirá minha falta. Mas esta prisão fantasma é invisível. Som algum sai daqui. Bene Véri se envolveu com os piores seres, conhecedores do mais alto grau de magia das trevas. Essa cela da loucura foi arquitetada por um gnomo das Planícies Ardilosas, quem poderá dela escapar? Arnie, Arnie, Arnie. Como você poderia saber sobre meu paradeiro? Onde você se encontra, meu amigo? Como você tem encarado meu desaparecimento."

Bastou pensar em seu amigo, e ele apareceu. Magia? Coincidência? Destino?

O gigante retornara para aquela caverna oculta sob o solo do cemitério. Indubitavelmente, estava à procura do anão, tentando entender o que poderia ter acontecido a ele.

Na noite anterior, ele arrastara a pedra maior que formava um dos mausoléus do cemitério e um alçapão o levara até aquele submundo. Desde então não vira mais Le Goff, nem ali embaixo nem lá em cima. Arnie teria passado a noite à procura do anão? Como o gigante estava encarando aquele enigmático desaparecimento?

Le Goff gritou, insistentemente, com todas as suas forças, acreditando que, por algum poder mágico, o gigante acabaria escutando sua voz. Aproximou-se do colosso, tocando-o, mas nem um arrepio conseguia promover no corpo de seu amigo. Eles estavam definitivamente separados, embora em um mesmo lugar. Aquilo era fruto de uma alta magia.

O anão acompanhou seu amigo investigar cautelosamente as pedras sarcon que refletiam a luz do sol na caverna. Arnie percebeu que cada uma delas girava como uma chave em uma fechadura.

O gigante aproximou-se ainda mais de uma delas e enxergou uma série de números escritos radialmente, de zero a nove, em círculos concêntricos. Cada uma possuía várias circunferências numéricas. À medida que uma pedra era girada, o feixe refletido por ela mudava de direção, cortando o espaço vazio do imenso salão e incidindo em um ponto antes escuro.

Os números de cada círculo moviam-se aparentemente de forma aleatória, formando variadas combinações.

Arnie coçou a cabeça, curioso. Le Goff percebeu que seu amigo tentava decifrar aquele enigma.

– É impossível para um gigante compreender a numeração requerida – satirizou Rafan, na tentativa de esmorecer a fé do anão.

– Ele não é um gigante qualquer. Não percebe?

– Tirando o fato de ser um ciclope, não. Definitivamente, ele não tem nada que o qualifique a ser um não gigante.

Era absolutamente impossível para o feiticeiro perceber a nobreza daquele colosso. Tirando o fato de que ele só possuía um único olho central em sua face, nada poderia identificá-lo como diferente dos demais gigantes que Rafan conhecera no passado.

Aos berros, o anão albino assistiu, escandalizado e revoltado, a seu amigo ir embora outra vez. Os gritos de Le Goff ecoavam surdos e em agonia pela escuridão do abismo. E davam prazer ao demônio assombrador das trevas.

Le Goff chegou a acreditar que Arnie conseguiria resolver o mistério das dimensões da câmara de tortura, mas não, o gigante se foi. Talvez, para sempre.

A sede e a fome não afetavam tanto o prisioneiro como a loucura que começava a dominá-lo.

– Por que você não se joga daqui e termina de uma vez com isso? – sugeriu malignamente o fantasma.

– Eu não sou covarde como você, Rafan.

– Se não deseja me vender sua alma, então acabe logo com seu sofrimento.

– Você não sabe o que está dizendo. Alguma vez você já foi amado por alguém?

Por fim, e pela primeira vez, o anão percebeu que afetara o humor de seu companheiro de prisão.

– Eu imagino exatamente como deveria ser sua miserável vida antes de cair neste buraco, Rafan. Eu vivi por muito tempo de forma semelhante. Você é movido por ambição.

Foi a vez de o espectro ficar em silêncio, sem conseguir retrucar os argumentos do anão.

– Eu sou albino, percebe? Consegue notar a cor da minha pele mesmo nesta escuridão? Sempre fui diferente dos da minha espécie, e por causa disso, sempre desejei ser melhor do que qualquer um deles. Você também se sentia assim, não é verdade, Rafan? Qual deficiência o definia? O que o faz se sentir menor do que os outros?

Um breve ronco de fúria foi emitido pela assombração. O ruído não deteve Le Goff, que continuou a falar.

– O problema todo com pessoas que se sentem como nós, diferentes, é que dificilmente encontram um equilíbrio, Rafan. Ou tentam subjugar os outros com mentiras e discrepâncias capazes de maquiar suas deficiências, aquilo que os destaca da multidão, só para se sentirem superiores, ou se fecham num universo de autocomiseração e ficam lambendo suas feridas; a maioria, mazelas mentais criadas por elas mesmas.

– Você está começando a ficar louco, anão branco.

– Percebe? Agora você começa a mostrar o verdadeiro Rafan que se encontra preso nesta caverna. Desviando o assunto e tentando se defender. Sua soberba o trouxe até este lugar tenebroso, onde passará o resto de sua maldita vida.

– No túmulo de anões idiotas. No seu sepulcro, albino.

– Eu não morrerei neste lugar, Rafan. Eu tenho um amigo lá fora que não cessará a procura, enquanto não me encontrar.

– Um gigante caolho? – zombou o feiticeiro.

– Um gigante caolho mais forte que qualquer criatura existente em Enigma. Um gigante caolho que perdoou o anão mentiroso que o enganava.

Um gigante caolho que encontrou os Braceletes de Ischa. Um poderoso gigante caolho.

O assombrador saiu das trevas e agarrou o anão pela gola da camisa.

– Seus olhos se acostumaram tanto com a escuridão que o tornaram cego? Arnie, meu amigo, é o possuidor do Objeto de Poder que você tanto deseja. O objeto de sua obsessão, cuja busca se tornou em ruína – disse Le Goff.

Com uma força absurda para um amontoado de ossos ambulante, Rafan lançou o anão contra a parede fria, em um canto escuro do salão. O fantasma estava nitidamente perturbado com a revelação feita. Saber da posse dos braceletes pelo gigante afetava o feiticeiro como se açoites fossem desferidos contra seu corpo ainda em vida. Causava-lhe uma dor e um desconforto indescritíveis.

A noite daquele dia chegou, após outra espera aparentemente eterna dentro da repugnante prisão. O silêncio durava horas quando, inesperadamente, Le Goff foi acordado como que dentro de um sonho. Mas o que então via não era um sonho, era real.

Arnie estava novamente lá. Cauteloso, o gigante caminhava de uma pedra sarcon a outra, girando-as sobre o eixo que as prendia à parede da caverna. Ele segurava um archote com o qual podia iluminar os cantos que perscrutava.

De repente, Le Goff ouviu algo que o deixou muito triste e perturbado. Arnie sussurrou repetidas vezes: "Arnie foi outra vez enganado! Anão impostor".

O gigante caminhou detidamente na porção leste do recinto e repetiu o lamento:

– Arnie foi outra vez enganado! Anão impostor.

Le Goff segurou um sussurro. Ele não queria acordar a assombração de Rafan, mas queria poder dizer a seu amigo que daquela vez ele não o enganara.

Estaria ele pensando que o anão encontrara o pergaminho logo acima no cemitério e, em seguida, foi embora sem dizer ao menos obrigado? Por que o gigante não parava de repetir baixinho aquelas duras palavras?

– Arnie foi outra vez enganado! Anão impostor.

Para espanto e também alegria do anão, seu amigo estava inexplicavelmente alinhando os feixes de luz de acordo com a numeração exigida para igualar as duas dimensões existentes naquele salão subterrâneo.

Seguro, Arnie foi girando as pedras e mirando cada feixe de luar sobre o ponto característico que representava uma estrela da constelação do Caçador, sobre a mesa de pedra central do salão. Ao mesmo tempo, ele continuava a repetir seu mantra em relação ao sumiço do albino.

Mas, por quê? Como? Como ele teria sido capaz de recordar os valores de brilho aparente de cada astro?

Num sobressalto, o anão recordou-se de seu primeiro encontro com os gigantes, quando para memorizar os elementos químicos das fadas ele necessitara formar frases com as iniciais dos nomes. "Le Só Pode RoUBar CEnouras FRescas." Ele ficara repetindo as frases mentalmente para fixá-las. Era isso que Arnie estava fazendo naquela hora, relembrando os números codificados em frases.

– É isso! – pensou Le Goff. – Arnie foi outra vez enganado (42, 8, 1480, 2621)! Anão impostor (23, 90, 14). Eram os valores de brilho aparente das estrelas da constelação do Caçador.

Com a rapidez que só ele possuía em relação ao domínio do alfabeto fonético dos anões alados, Le Goff foi capaz de converter as consoantes da frase em números. E, para seu espanto, a numeração coincidia, de fato, com tais valores. Arnie os havia memorizado.

Le Goff estava relutando em acreditar naquilo. Nenhum anão, por mais esperto e inteligente que fosse, jamais conseguira aprender a usar o alfabeto de memorização em tão pouco tempo, com tanta precisão. E para uma necessidade tão extrema.

Então, o Le Goff recordou-se das palavras de Huna, a sacerdotisa líder das fadas. Arnie recebera uma unção redobrada por possuir um coração puro e sincero, sempre disposto a ajudar, mesmo aqueles que ele sequer conhecia, mesmo aqueles que tentaram enganá-lo.

O sétimo risco de luz rasgou a escuridão do salão e foi incidir sobre a posição que faltava, sobre a que representava a estrela Betelgeuse.

Diante dos olhos do gigante, o anão surgiu do nada, quando as dimensões antes incomunicáveis da caverna colidiram. A porta da prisão de Le Goff fora aberta. Um amigo podia agora enxergar o outro.

Antes, porém, que pudesse levar a mão à boca pedindo silêncio para o gigante, antes mesmo que Arnie sorrisse e declamasse o nome de seu amigo, surpreso, o anão percebeu um movimento sinistro, maléfico e ágil na escuridão.

Como algo que fora planejado e esperado por longos anos, Rafan saltou na direção do gigante e com as mãos esqueléticas lançou areia no olho de Arnie, pronunciando mandingas e esconjuros.

Percebendo tardiamente que fora alvo de alguma emboscada macabra, e sem poder enxergar o que acontecia, o colosso deu um passo para trás, perdendo o equilíbrio e caindo no chão. A tocha que segurava rolou para um canto da caverna, mas não se apagou. O olho do gigante ardia. Ele estava, pelo menos temporariamente, cego. Apesar do poder dos braceletes e dos auspícios da fada, naquele momento ele estava indefeso; perdera completamente a visão.

O VALOR DE UMA AMIZADE

Para Le Goff, a situação não pareceu melhorar ao ver, do outro lado do salão, uma porta surgir do nada na parede de pedra. Era sua passagem para a liberdade. Uma liberdade que adquirira um sentido estrito e forte após aquele interminável dia de isolamento no inferno silencioso e sombrio da caverna.

Seu amigo, entretanto, encontrava-se debilitado no chão e, por causa dele, o anão sabia que não poderia simplesmente correr para a liberdade, apesar de esse ser tanto um desejo quanto uma necessidade de sobrevivência. Se deixasse o gigante cego naquele lugar à mercê do maquiavélico fantasma que intentava roubar-lhe os braceletes, poderia se arrepender para o resto de sua vida.

Rafan, no entanto, não aproveitou a queda do colosso para pegar os braceletes.

Le Goff entendeu que o feiticeiro sabia sobre a transformação do possuidor do objeto em um Lictor.

– Eu sou um bruxo, anão idiota – riu o fantasma, confirmando as suspeitas de Le Goff.

Então, com selvageria e brutalidade, Rafan trouxe da escuridão de um canto do salão uma adaga e desferiu um golpe rápido, cravando-a e, logo, retirando-a das costas de Arnie.

– Morra, sua peste! – gritou com ódio descomunal.

O assombrador só não era capaz de voar, mas movia-se com uma rapidez impressionante de um lado para o outro.

– Finalmente, os Braceletes de Ischa serão meus! – gritou e gargalhou o fantasma, regozijando-se com a dor produzida pelo ferimento no gigante.

O corpo de Arnie contorceu-se no chão; agonizando, ele soltou um bramido forte de sua boca trêmula. Sem conseguir enxergar onde estava, o colosso se moveu e sentiu sua mão vazar pelo espaço aberto no piso. Ele se encontrava à beira do precipício. Um movimento em falso e seria seu fim.

– Não se mexa, Arnie! – orientou o anão.

Mesmo ferido e cego, o gigante conseguiu ficar imóvel, pressentindo o perigo imediato.

Ainda com a adaga na mão, Rafan estancou embaraçado pela situação. Ele sabia que se o gigante caísse no abismo, jamais veria aqueles braceletes novamente. Le Goff percebeu que o fantasma ficara aflito.

– Ele sabe que não pode arrancar os braceletes de seu pulso e também não deseja que você caia na garganta interna da montanha, meu amigo – sussurrou o anão.

Um instante de silenciosa tensão preencheu a atmosfera da caverna, como que aspirando todo o ar respirável do recinto. Gigante, anão e feiticeiro prenderam o fôlego por segundos, fazendo com que o salão ficasse semelhante a um museu com estátuas imperfeitas, amostras grotescas e exemplares de alguns seres que povoam Enigma.

Lentamente, Le Goff aproximou-se de Arnie. O anão verificou a ferida, que não parecia profunda, mas estava claro que doía.

– Passe-me os braceletes – pediu.

O gigante não hesitou. Custara a encontrar o amigo e não esperava se deparar com a presença daquele ser das trevas; certamente Le Goff tinha um plano em mente. Como estava impossibilitado de fazer qualquer coisa, Arnie aquiesceu ao pedido e retirou os braceletes, deixando que o albino os pegasse.

– Agora eles ficarão comigo – disse Le Goff para Rafan, colocando rapidamente o par de braceletes em seus punhos. – Ouse me ferir e eu me lançarei no abismo. Você não poderá encontrá-los e ficará para sempre preso neste lugar obscuro. Por toda a eternidade.

Ao redor dos punhos do anão, os braceletes encolheram-se e encaixaram--se, adquirindo o formato exato para o tamanho dele. A insígnia da coruja gravada neles reluziu por segundos, como se um poder acabasse de ser ativado em um novo possuidor do objeto.

– Volte para a superfície, Arnie – disse o anão, guiando as mãos do gigante até a porta de entrada. – Suba e me espere lá. Você consegue fazer isso sozinho?

Antes que Arnie pudesse responder, algo ainda mais inesperado ocorreu. Súbita e inescrupulosamente, Rafan correu na direção do colosso cego e o empurrou com um chute para dentro da escuridão silenciosa do precipício.

– Você não me tem mais nenhum préstimo – blasfemou o fantasma.

– Não! – gritou Le Goff, em desespero.

O grito de lamento e dor do anão ecoou frio através do salão.

Com força descomunal, Le Goff lançou o fantasma a uma distância longa, fazendo-o colidir contra a parede oeste.

Apavorado, Le Goff apanhou a tocha que Arnie deixara cair no chão e se lançou para dentro da cratera sombria. Num ato de genuíno sacrifício, o anão começou a cair em queda livre através da fenda abissal. Um verdadeiro ato de honra a fim de tentar salvar a vida de seu amigo, mesmo contra todas as desvantagens aparentes.

Com muito esforço, Le Goff forçou o bater de suas asas com ímpeto, em solavancos. Ele não deixaria aquela história terminar de forma trágica, pois acreditava na força daquele Objeto de Poder. Sobretudo, queria salvar Arnie. Ele não se entregaria facilmente.

Quase apagando a chama do archote e forçando para um lado e outro seus apêndices de voo, o anão sentiu a abertura de suas asas em uma envergadura nunca antes alcançada. Elas cresceram rapidamente em uma explosão para os lados. Foi estranho para ele o romper daqueles penachos antes atrofiados. Agora suas asas, não mais desiguais, batiam possantes na escuridão, iluminadas pela tocha que ele segurava.

Como uma águia, o anão deu um rasante na direção de Arnie. Era uma emoção indescritível! Ele se tornara uma verdadeira ave noturna, um digno anão alado em ação.

Le Goff sonhara por toda uma vida fazer aquilo. Treinara inúmeras e inúmeras vezes em sua mente como seria um voo perfeito. Agora ele era capaz de realizar seu desejo. Os braceletes deram-lhe um par gigante e fantástico de asas. Ele estava voando, movendo-se no ar com elegância e altivez, ainda que para baixo, mas no controle da situação. Cada vez mais próximo de seu amigo.

Com uma das mãos, o anão conseguiu segurar o gigante que caía, abraçando-lhe um dos braços.

Mesmo desfalecendo pela dor que sentia e pela queda inesperada, Arnie percebeu o que acontecia. O gigante sentiu as penas grossas das novas asas de Le Goff rufarem graves como um tambor, enquanto eram agitadas com precisão. Então, seu corpo foi puxado para cima.

Como um meteoro rasgando o céu, iluminados pelo archote de Arnie, os amigos voaram verticalmente juntos até a ponte que ligava as subcâmaras do espaçoso recinto abaixo do cemitério.

Arnie foi deixado próximo à passagem através da qual ele deveria fugir.

Espantado e maravilhado com o poder dos braceletes nos punhos do anão, Rafan pôde apenas acompanhar, pelo lume da tocha, o retorno deles desde as profundezas. O assombrador das trevas cobiçava o Objeto de Poder dos gigantes, por isso ele não partiria dali sem antes possuí-lo. Esperara aprisionado por muitos anos.

No passado, o feiticeiro vira demonstrações extraordinárias e gloriosas daquele poder nas façanhas de Ischa, mas restaurar o poder de voo das asas deformadas de um anão tinha sido realmente surpreendente. Mais do que nunca, Rafan desejou ter o objeto. E certamente que não o usaria para o bem.

– Desista, Rafan – gritou Le Goff, percebendo que seria atacado pelo fantasma. – Agora, eu tenho força.

Em um voo majestoso, o anão albino descreveu uma parábola no ar, planando do lado oposto ao que seu amigo Arnie fora deixado. Rafan voltou-se para o ser alado, com ódio no olhar e certa indecisão.

O assombrador, certamente, tentaria se aproximar de Le Goff e lançar sobre ele algum tipo de feitiço para cegá-lo, como fizera com o gigante. Que truques o demônio teria reservado para aquele momento? Não tinha outra maneira de lutar contra o portador dos braceletes, que não fosse de forma traiçoeira e suja.

– Acabou – insistiu o anão.

Então, o fantasma do feiticeiro caminhou na direção oposta. Le Goff sabia o que ele pretendia fazer: ameaçar matar o gigante, que ainda se encontrava caído, e barganhar a troca dos braceletes.

Mas aquele auspicioso plano foi frustrado. Não pelo anão com superpoderes.

Aproximando-se de Arnie, com a adaga em punho, Rafan desferiu vários golpes. Todos atravessaram o corpo do colosso como se estivessem cortando apenas o ar. A adaga não podia mais causar-lhe dano. Rafan e

Arnie se encontravam em dimensões diferentes, embora no mesmo lugar do grande salão subterrâneo.

– Arghhh! – rinchou o feiticeiro, com rancor e frustração. – Não! Não!

Le Goff abriu um sorriso ao ver aquela prazerosa cena. Rafan havia sido enganado pelo anão e seu amigo.

Enquanto retornavam das profundezas do abismo, Le Goff cochichou nos ouvidos de Arnie seu plano, pedindo que o colosso girasse as pedras sarcon, assim que fosse colocado no piso do salão. De maneira sutil, os feixes de luz foram desalinhados, trancando novamente a passagem de saída da prisão para aqueles que tinham entrado pelo duto pequeno, destinado a capturar anões.

Le Goff e Rafan encontravam-se novamente trancafiados, confinados na caverna. Mas, desta vez, o anão portava os braceletes de poder e tinha asas capazes de tirá-lo de lá.

– Eu tentei avisá-lo, Rafan. Por cem anos, percorri o caminho da mentira. Finalmente, aprendi o suficiente sobre isso. Mesmo com boa aparência, seus fins são de morte. Adeus! – despediu-se o anão.

Com uma força tremenda, Le Goff quebrou os obstáculos na entrada por onde ele chegara até à câmara de tortura abaixo do cemitério. Aos olhos atônitos de Rafan, o anão pareceu uma criança quebrando espigas secas de milho no campo.

Projetando-se para cima, Le Goff alçou voo para dentro do túnel. A posse dos braceletes permitia-lhe controlar o batimento e abertura das asas com perfeição.

Incrédulo, Rafan gritou em desespero.

– Não tenha esperança de ser encontrado, Rafan – disse uma voz por detrás da criatura fantasmagórica.

Ao voltar-se na direção da outra entrada, surpresos, os olhos do feiticeiro miraram o anão, que segurava o pergaminho em uma das mãos.

Rápido como um relâmpago, Le Goff pegara o Objeto de Poder que estava em uma dimensão, dera a volta por cima e retornara à caverna através da entrada criada para os gigantes. Agora, ele não podia ver seu inimigo, mas sabia exatamente onde ele se encontrava, por isso lhe falava como se o enxergasse.

– Nunca subestime o poder de uma amizade, feiticeiro. O pergaminho é meu e os braceletes são do gigante – disse sem qualquer ressalva.

Após guardar o pergaminho no bolso de sua calça, o albino levantou os punhos fechados e, com força, esmurrou o chão. No segundo golpe, um dos lados da ponte cedeu, de forma semelhante à que o anão vira Arnie fazer com a ponte, quando atravessaram o Rio Quisom.

Os gritos de desespero de Rafan não podiam ser ouvidos, mas Le Goff sabia que ele deveria estar estrebuchando e vociferando na outra dimensão.

Em instantes, a mesa de pedra com o mapa das constelações também ruiu e vários pedaços da passagem que ligava os lados do salão despencaram na escuridão. A chave capaz de abrir a prisão desenvolvida pelos gnomos das Planícies Ardilosas estava perdida para sempre. A mesa de pedra com a fechadura estelar de feixes luminosos não existia mais.

Ao retornar à superfície, após deitar Arnie confortavelmente no chão do cemitério, Le Goff arrancou a pedra que servia de alçapão para a armadilha que levava ao submundo e a quebrou em pedaços. Com cuidado, tratou de encher de entulho ambos os túneis que desciam ao salão de tortura. Ele queria garantir que nunca mais um desavisado viesse a entrar por aquelas portas de maldição e confinamento. A câmara de tortura de Bene Véri fora destruída e seria esquecida para sempre.

Então, assim que acabou o trabalho de selagem, aliviado, Le Goff percebeu que os primeiros raios de sol rompiam no horizonte leste. O céu estava limpo e sem nuvens, como um típico dia de verão deve ser, mesmo nas montanhas.

– Isso lhe pertence – disse o anão, devolvendo os braceletes para seu amigo.

Arnie sorriu, confiante. Sua visão ia sendo restaurada da cegueira que experimentara. Ele começava a enxergar a luz do amanhecer.

– Você vai ficar bem?

– Não tenha dúvidas, Le.

Os braceletes amoldaram-se ao punho grosso do gigante. Com o poder do Objeto, sua visão pareceu se restabelecer com maior rapidez.

Sem grandes expectativas, o anão presenciou suas asas voltarem ao estado anterior: atrofiadas, desiguais, pequeninas e fracas, incapazes de promover um voo.

– Assim, tudo volta ao que era antes – disse Le Goff, zombando de sua própria situação.

O gigante fitou-o, curioso.

– Após uma jornada de aventuras como esta, nada volta a ser como antes, meu nobre amigo. Nunca mais em nossas vidas.

Por um tempo, enquanto Arnie se recuperava, ainda pressionando a ferida que começava a parar de sangrar, eles riram alto e cheios de prazer. De fato, suas vidas jamais seriam as mesmas.

Súbito, sentiram a terra tremer levemente sob seus pés e uma corrente diferente de ar soprar do sul. Algo estranho estava acontecendo por ali.

Estupefatos, Arnie e Le Goff olharam na direção de onde irrompiam fortes rajadas de vento. Uma mancha escura no céu, semelhante a uma nuvem carregada de chuva, aumentava de tamanho, aproximando-se do topo da montanha. Uma estranha nuvem com formato que rapidamente se modificava.

O olhar de Le Goff encheu-se de medo ao constatar que inúmeros anões alados voavam em bando em sua direção, como que preparados para uma batalha. Não era uma nuvem, afinal.

De repente, mãos enormes surgiram na beirada do platô que formava a área do Cemitério Esquecido dos Anões Alados. Então, vários gigantes começaram a chegar, escalando o penhasco que levava até aquele alto lugar. Le Goff e Arnie compreenderam a origem do tremor de terra.

Arnie ficou apavorado ao constatar que seus irmãos estavam vestidos e preparados para uma guerra. Uma terrível guerra entre anões alados e gigantes estava prestes a ocorrer.

CONFRONTO

Os pensamentos de Le Goff encheram-se de temor e dúvida. Hesitante, Arnie levantou-se nitidamente afetado com o que ele contemplava. A dor de sua ferida desaparecera diante de tamanha perplexidade.

O ruflar das asas dos vários anões cessou quando eles pousaram em todos os cantos da metade posterior do cemitério, sobre as estátuas, lápides e no próprio solo da elevação. Eram, aproximadamente, cinquenta guerreiros.

Perilato, líder dos anões e pai de Le Goff, encarou primeiramente seu garoto, com um olhar de profunda desaprovação, perscrutando em seguida os gigantes.

Na metade oposta e dianteira do jardim, um enorme gigante, talvez o maior entre os presentes, também aparentando ser o líder da tropa, ameaçou avançar na direção de Arnie. Era Zelion.

A atmosfera rarefeita pareceu perder mais de seu oxigênio.

A cabeleira abastada dos anões, com suas tranças bem ornamentadas, parecia não se mover devido à falta de correntes de ar. Quando o último alado aterrissou, o vento pareceu cessar por completo.

Assim como as armaduras dos voadores, as peças metálicas nas vestes dos guerreiros colossos refletiam com vigor os raios de sol. Brilhos estáticos, porém fortes e ofuscantes, ameaçadores, cintilavam por todo o cemitério.

Enquanto Arnie se virou para observar o pequeno exército dos anões alados, Le Goff olhou para os guerreiros gigantes. Seus olhos avistaram duas faces conhecidas: Fany, que tentava segurar um riso de prazer por debaixo de uma fisionomia cômica de ira, e Boong, que olhava com espanto para a figura de Arnie, sem entender o porquê de o gigante ter chegado até ali com aquele miserável anão.

– Vocês invadiram nossas possessões – rugiu Zelion, sem se mover. – Como ousam pisar na Terra dos Gigantes, quando não são bem-vindos?

Perilato, com a tez enrugada pelos anos e fechada pela afronta secular lembrada, tirou seus olhos de Le Goff e encarou novamente o gigante.

– Um dos nossos se perdeu nestas montanhas.

– Ele não estava perdido quando chegou aqui – instigou Fany, que foi interrompida abruptamente por Zelion com um aceno de mão.

– O anão tentou enganar três dos nossos gigantes e depois foi visto na praça do mercado de Darin. Não me parece que um anão voador ousado dessa maneira possa estar perdido.

Com a voz embargada e trêmula, Le Goff pronunciou-se.

– Está havendo um enorme equívoco aqui.

– Cale-se, Le Goff. Você já nos causou muitos tormentos e nos colocou nesta situação embaraçosa e cheia de perigos – ordenou Perilato.

– Ele enganou Arnie. Ele se aproveitou da ingenuidade de nosso irmão – acusou Fany, tentando se fazer ouvir.

A reação e olhares dos anões pareceram concordar com o lamento daquela declaração. Conheciam a esperteza e malícia de Le Goff.

– O que estamos esperando para acabar com eles? – incentivou a giganta, que outra vez foi calada, agora pelo movimento do braço estendido de Zelion.

– Eu não fui enganado – defendeu-se Arnie, dando um passo na direção dos membros de seu povo.

Uma multidão de olhares de desaprovação o atingiu como flechas.

– Um gigante caolho abestalhado como você não sabe o que está dizendo – zombou Boong. – Eles são nossos inimigos, não vê?

– Não. Não vejo – replicou Arnie, impostando a voz e dando outro passo na direção de Zelion.

– Ele o feriu e ainda assim você o defende? Você perdeu a razão? – perguntou o líder dos colossos, confuso, observando a ferida nas costas de Arnie.

– Não deixe que outro mal-entendido piore a situação entre nossos povos, Zelion – rebateu Arnie.

– Deixem-nos levar o anão e acabamos com isso – sentenciou Perilato.

– O ódio e rancor que carregamos por causa de nossas diferenças não nos deixarão em paz se continuarmos fugindo da verdade e da razoabilidade – interveio Le Goff, contrariando o desejo de seu pai.

– Cale-se, Le Goff. É a última vez que repito que você foi imprudente, ultrapassando todos os limites do juízo e colocando seus irmãos inocentes em meio a essa contenda.

– Eles mataram Ischa, a filha de um dos nossos maiores reis – lembrou-se Fany.

– Não devemos confiar em anões alados. Eles são mentirosos – apimentou Boong.

– CALEM-SE, TODOS!

O som da voz de Arnie ecoou com violência. Com uma força incomum, o gigante socou o chão e uma fenda se abriu no solo, alcançando o pé de Zelion, como um raio que risca o céu à procura da terra em dias de tempestade.

Todos ficaram boquiabertos com a força e a resolução manifestadas.

– Acusam-me de ser tolo sem perceber o quão estúpidos têm sido vocês por todos esses anos de revanchismo e inimizade.

Agora Arnie falava direcionando-se tanto para seus irmãos quanto para os anões do outro lado do cemitério.

– Um homicídio foi cometido há quinhentos anos, uma morte trágica e cruel. Por causa dela passamos nossas vidas guerreando, nos evitando, nos odiando. Ainda que Karin tivesse cometido tal crime, seria justo condenarmos todo um povo por causa da ação vil de um único indivíduo? Se ele era mau, se ele desonrou sua amizade para com nosso rei gigante, por que todo o seu povo deveria pagar por suas mazelas? Diga-me, Zelion, se Fany acorrentasse um aqueônio para obrigá-lo a fazer graça para ela com sua cauda, esse ato perverso representaria o caráter de todos os gigantes de nosso povo? Os aqueônios, por isso, deveriam passar a nos odiar e evitar nossos mercados e feiras?

O líder dos gigantes mexeu os olhos como se fosse olhar para a giganta, mas não moveu sua cabeça. Ele sabia que aquele sórdido episódio de fato ocorrera. O aqueônio fora solto antes dos maus-tratos, desculpas foram formalmente apresentadas a seu povo, assim como uma punição foi dada à giganta malvada; dessa forma, a paz continuou a reinar entre gigantes e aqueônios.

Parecia impossível a todos deixar de concordar com aquelas sábias palavras. Havia prudência e certa compostura surpreendente e reveladora no falar de Arnie. Isso surpreendeu e, até certo ponto, agradou Zelion.

– Acreditem, Ischa não foi morta pelo anão – finalizou Le Goff.

O espanto modificou o semblante dos ouvintes, até mesmo de Arnie.

– Você pode nos provar isso, meu amigo?

O vocativo usado por Arnie fez um sentimento adormecido por gerações aquiescer não só o coração de Perilato como também o de Zelion, que se encararam. Todos os sensatos seres presentes torciam para que aquela declaração do albino fosse verdadeira.

À medida que Arnie se aproximava do líder de seu povo, Perilato caminhou até Le Goff, mas este correu até seu amigo gigante com intuito de entregar-lhe o pergaminho para ser apresentado a Zelion.

– Volte aqui, Le Goff! – ordenou Perilato.

– Existe um erro crasso nos registros históricos deixados por nossos povos – disse o anão, ignorando o chamado.

O chefe anão segurou o braço do filho, no mesmo instante em que Zelion também tentava conter Arnie, que por sua vez segurou o braço de seu amigo.

– O pergaminho nos mostrará a verdade… – completou Le Goff, impaciente, quando os quatro seres se tocaram.

Como cortinas que caem revelando uma nova e inesperada paisagem, simplesmente tudo ao redor de Le Goff, Arnie, Perilato e Zelion se alterou, assim que o anão pronunciou a última frase, como se fosse um pedido ao Objeto de Poder.

A realidade fora modificada como que por magia. Todos os demais anões alados e gigantes desapareceram aos olhos do quarteto e o horizonte celestial deu lugar a um emaranhado de árvores. Eles estavam, então, na Floresta Transparente. Há quase quinhentos anos do instante em que se encontravam um segundo antes. O Pergaminho do Mar Morto alterou o tempo e o espaço, fazendo-os viajar até certo momento no passado, exatamente como Le Goff ouvira dizer em contos dos antigos escritores de seu povo.

– O que aconteceu? – perguntou Perilato, puxando sua espada da bainha.

– Que tipo de bruxaria é essa? – interrogou Zelion.

Menos confuso que os demais, o anão albino olhou para o pergaminho em suas mãos e logo reconheceu o local onde se encontravam. Como seria possível aquilo? Só haveria uma explicação plausível.

– Não se trata de bruxaria – respondeu o anão para Zelion. – Foi o Pergaminho do Mar Morto que nos trouxe ao passado – disse, apontando para o pedaço de couro em suas mãos.

– Você o encontrou… – maravilhou-se Perilato.

– Não pode ser… nós… Inacreditável! – sussurrou Zelion – Olhem!

Ainda fascinados com a experiência que estavam tendo, os quatro lançaram um olhar para a clareira adiante. Ischa, Matera, Leona, Selina e Karin discutiam. O rei gigante foi o primeiro a reconhecer os personagens dos velhos contos que ouvira e a ficar embasbacado.

Uma contenda iniciou-se entre as figuras do passado, de maneira que as mulheres acusavam o anão de querer matar a filha mais nova de Bene Véri. Exatamente como Le Goff havia lido no pergaminho enquanto estivera na câmara subterrânea.

Selina orientou Matera e Leona a procurarem o pai. Karin alçou voo, na tentativa de chegar primeiro até o rei. Tudo em questão de segundos.

– Isso não pode estar acontecendo – sussurrou Zelion, incrédulo.

Compreendendo e aceitando aquela magia, Zelion pensou em avançar sobre Karin antes que ele ganhasse o céu. Precisava fazer alguma coisa, mas Le Goff deteve o líder dos gigantes.

– O passado é obstinado. Ele não deseja ser mudado e irá lutar contra isso. Não tente fazer nada – orientou o albino, recordando relatos históricos dos quais tinha conhecimento. Karin fizera isso certa vez, quando criou o objeto. E tudo foi desastroso, conforme uma lenda contada para as crianças das tribos aladas.

Mesmo sabendo o que sucederia, foi espantoso para Le Goff, assim como para seus companheiros, ver Ischa ser morta por sua madrasta. Uma morte cruel, traiçoeira. A anã dos gigantes fora assassinada pelas costas. Não teve tempo nem oportunidade de defesa. Tudo acontecia bem diante dos olhos daqueles expectadores, viajantes do tempo.

Contrariando as orientações do anão albino, Zelion correu ao encontro da giganta assassina, somente para descobrir que não tinha poder de influenciar fatos já ocorridos. Semelhante às dimensões presentes na prisão subterrânea criada pelos gnomos, eles não podiam ser vistos ou ouvidos pelas criaturas daquele tempo que visitavam. Era como se aquele momento estivesse selado, aprisionado numa cápsula, contra toda e qualquer alteração. O que tinha sido feito, tinha sido feito.

Nem mesmo Le Goff sabia como Karin conseguira "tocar" o fluir do rio temporal. O albino precisaria de muito estudo, manipulação e experiência com o Objeto de Poder dos anões alados para ser capaz de entender as leis do espaço-tempo.

Decepcionado, assistindo a princesa cair no chão ensanguentada ao lado da traidora Selina, Zelion também tombou sobre seus joelhos em lágrimas. Perilato compreendeu o que acontecia. Fora Selina a assassina, e não Karin.

– Precisamos fazer alguma coisa. Tem que haver um modo de fazer qualquer coisa – gritou Zelion, olhando na direção de Le Goff.

– Eu não tenho poder sobre isso – declarou Le Goff, com tristeza profunda pela cena. Contudo, sentiu-se feliz por realmente não saber como impedir os fatos. Poderia ser realmente desastroso. – É preciso que a vida aconteça uma única vez, caso contrário, não teríamos uma história, uma memória, não seríamos personagens autênticos e definidos no palco da existência. Somos a somatória de tudo aquilo que fazem a nós, de como reagimos a isso e de tudo aquilo em que passamos a acreditar. Uma interpretação errada coloca em xeque todo o nosso futuro, nossa vida, a definição de quem somos. Por isso, a chave para todos os nossos problemas se encontra no único momento que realmente possuímos: o presente. Somente nele podemos fazer alterações.

– Deve haver uma maneira... uma forma de mudarmos o rumo que tomou o relacionamento entre nossos povos – suspirou Zelion, aflito.

– Eu sinto muito – lamentou Le Goff, com insistência. – Vou repetir, Zelion: a única oportunidade que temos de alterar nosso destino é mudando as ações que praticamos no presente.

Os líderes de ambos os povos se entreolharam, entristecidos. Eles seriam os únicos capazes de evitar que uma grande catástrofe ocorresse no tempo a que pertenciam. Os anões alados estavam prestes a guerrear contra os gigantes por causa de um engano.

– Acreditamos em você, Le Goff – disse Perilato.

– Pelos céus! – lamentou Zelion, cheio de remorso e pânico – Precisamos voltar antes que seja tarde demais.

– Não podemos ficar aqui, filho. Leve-nos de volta ou um de nossos exércitos será exterminado naquele cemitério – ordenou Perilato.

O anão pensou em dizer que não sabia como fazer aquilo funcionar.

– Nós nos tocamos antes que o cenário se alterasse – advertiu Arnie, com sabedoria e perspicácia. – Ordene ao pergaminho que nos leve de volta.

– Vamos nos dar as mãos! – gritou Le Goff, segurando firme seu Objeto de Poder.

– Leve-nos de volta para nosso tempo! – ordenou o albino, após se certificar de que todos estavam de mãos dadas – Eles já viram o suficiente. O necessário! Leve-nos de volta!

Então, repentinamente, a realidade ao redor deles se modificou mais uma vez.

Para os guerreiros anões e gigantes, ostensivamente espalhados pelo Cemitério Esquecido, tudo não passou de um piscar de olhos, como se nada houvesse acontecido de fato. Aguardavam ordens de seus líderes para iniciar a carnificina.

Zelion impôs-se diante dos gigantes e gritou para que abaixassem as armas. Perilato fez o mesmo em relação aos seus soldados voadores.

– Coloque-me sobre seus ombros, Arnie – pediu Le Goff.

Dali do alto, ele olhou ao redor, encarou os guerreiros com seriedade e começou a falar.

– Antes de mim, outros anões também tentaram encontrar o pergaminho e pagaram um preço alto, com a própria vida – disse, levantando o artefato de poder diante dos olhos surpresos dos presentes.

– O Pergaminho do Mar Morto! – reconheceram alguns anões, admirados.

Então, Le Goff, como um bom contador de histórias, explicou sucintamente sobre a câmara de horrores abaixo do cemitério e a verdade sobre a morte de Ischa.

– Todos nós fomos enganados. E os líderes de ambos os povos tiveram acesso a essa evidência – finalizou Le Goff, erguendo novamente o pergaminho em uma das mãos.

– Ele está dizendo a verdade – confirmou Zelion. – Abaixem suas armas.

Perilato balançou positivamente a cabeça e seus soldados respeitaram a mensagem transmitida por aquele gesto.

Mesmo sem compreender como aquela mudança de pensamento ocorrera de modo tão repentino em seus líderes, os guerreiros começaram a baixar suas armas resignadamente. Fany foi a última a obedecer à ordem. Bastante a contragosto, diga-se. Ela torcia por uma boa briga contra os anões, por pura diversão.

– Pensem por um momento, precisamos escrever uma nova história – enfatizou Le Goff.

Perilato aproximou-se de seu filho e o abraçou. Suas asas se abriram e bateram com elegância antes de envolvê-lo.

– Desculpe-me por não ter acreditado em você.

– Eu não encontrei outra maneira senão enganá-los, pai. Somente assim eu conseguiria percorrer o caminho que achava correto. Por isso os enviei para a Estação de Tratamento do aqueduto atrás de uma peça sem utilidade. Eu sinto muito por não ter insistido e tentado convencê-lo...

– Pensemos que tudo acabou bem.

– Como você me encontrou? Como sabia que estávamos aqui?

Nesse momento, Arnie também recebia abraços de seus irmãos, até mesmo da rançosa Fany, que caminhou de seu canto para verificar a ferida no abdome do caolho.

– Fomos avisados pelo uivo dos ventos, por meio de um sinal enviado por uma fada – explicou o pai do anão.

– Huna, a Monarca – admirou-se Zelion, soltando os braços de Arnie. – Ela enviou um mensageiro a Darin, contando-nos que fora salva por um gigante chamado Arnie e que ele seguia com um anão alado para este lugar.

Le Goff e Arnie encararam-se com um sorriso de cumplicidade. Eles já se consideravam melhores amigos. Sabiam ler os gestos e olhares um do outro.

Com modos gentis, como há muito tempo não se via, Zelion aproximou-se de Perilato. Um forte aperto de mão foi trocado entre eles, enquanto se olhavam nos olhos, com afetuosa satisfação, como se aquele momento fosse algo reprimido, mas esperado por anos.

Então, os anões alados e os gigantes cumprimentaram-se e festejaram com sorrisos e graças por todo aquele dia.

Com dignidade, tratariam de providenciar um formal encontro para selar a amizade entre os povos. Tudo porque um gigante caolho, sem remorsos ou rancor em seu coração, aceitou ajudar um pequeno forasteiro; um anão alado albino de asas atrofiadas e assimétricas que foi bravo o suficiente para se aventurar em terras desconhecidas e perigosas à procura de um Objeto de Poder.

– Precisamos fazer algo com urgência – disse Perilato, assim que ficou a sós com o líder do exército de gigantes e com os dois amigos aventureiros possuidores dos Objetos de Poder.

– Do que você está falando? – Zelion indagou, curioso.

– Le Goff e Arnie precisam se apresentar diante da rainha Owl, em Corema.

Os quatro entreolharam-se com um brilho radiante no olhar.

A declaração do velho anão parecia um chamado para outra grande aventura. Le Goff apertou o pergaminho enrolado em uma das mãos, fitando-o efusivamente. Arnie esfregou com a mão direita o bracelete em seu punho esquerdo. Os olhares dos amigos cruzaram-se e um sorriso despontou em seus lábios. Depois de tudo pelo que haviam passado, eles sabiam que estavam preparados para uma nova jornada.